VERDADEIROS
ANIMAIS

- *Cassino Hotel*, André Takeda
- *Cerco*, Daniel Frazão
- *Miss Corpus*, Clay Mcleod Chapman
- *Pessoas do século passado*, Dodô Azevedo
- *Timoleon Vieta volta para casa*, Dan Rhodes
- *Um longo lamento*, Amanda Stern
- *Verdadeiros animais*, Hannah Tinti
- *Como me tornei estúpido*, Martin Page
- *Pequenas catástrofes*, Pablo Capistrano

Hannah Tinti

VERDADEIROS ANIMAIS

Tradução
RYTA VINAGRE

Título original
ANIMAL CRACKERS

Esta é uma obra de ficção. Nomes, personagens, localidades e incidentes são produtos da imaginação do autor ou foram usados de forma ficcional. Qualquer semelhança com pessoas reais, vivas ou não, acontecimentos e locais é mera coincidência.

As histórias relacionadas apareceram de forma diferente nas seguintes publicações: "Animal Crackers" in *Alaska Quarterly Review*, "Home Sweet Home" in *Epoch and Best American Mystery Stories 2003*, "Reasonable Terms" in *Story*, "Slim's Last Ride" in *Sonora Review*, "Hit Man of the Years" in *Story*, "Gallus, Gallus" in *Story Quarterly*, "How to Revitalize the Snake in Your Life" in *Another Magazine*.

Copyright © 2004 by Hannah Tinti

Todos os direitos reservados.

Nenhuma parte desta obra pode ser reproduzida ou transmitida por qualquer forma ou meio eletrônico ou mecânico, inclusive fotocópia, gravação ou sistema de armazenagem e recuperação de informação, sem a permissão escrita do editor.

Direitos para a língua portuguesa reservados
com exclusividade para o Brasil à
EDITORA ROCCO LTDA.
Rua Rodrigo Silva, 26 – 4º andar
20011-040 – Rio de Janeiro – RJ
Tel.: (21) 2507-2000 – Fax: (21) 2507-2244
rocco@rocco.com.br
www.rocco.com.br

Printed in Brazil/Impresso no Brasil

preparação de originais
AMANDA ORLANDO

CIP-Brasil. Catalogação-na-fonte.
Sindicato Nacional dos Editores de Livros, RJ.

T497v	Tinti, Hannah Verdadeiros animais/Hannah Tinti; tradução de Ryta Vinagre. – Rio de Janeiro: Rocco, 2005. (Safra XXI) Tradução de: Animal crackers ISBN 85-325-1820-6 Relações homem-animal. Ficção. 2. Ficção norte-americana. I. Vinagre, Ryta. II. Título. III. Série.
04-3418	CDD – 813 CDU – 821.111 (73)-3

*Este livro é para meus pais,
Hester e William Tinti*

Sumário

1. Verdadeiros animais 9
2. Lar, doce lar 25
3. Condições razoáveis 49
4. Preservação 63
5. A última viagem de Slim 83
6. Pistoleiro do ano 97
7. Conversa de perus 117
8. Como reanimar a cobra de sua vida 133
9. *Gallus, gallus* 147
10. Sangue do meu sangue 163
11. O colobus vermelho da Srta. Waldron 181

Verdadeiros animais

Está na hora de dar banho no elefante. Joseph puxou a mangueira para fora e eu estou tentando incitar Marysue a sair pela porta para levá-la ao lugar onde vamos lavá-la. Eu digo Eia! e a empurro com uma vassoura. Preciso ter cuidado – uma parte de mim está no caminho –, ela já descarregou seu peso no pé do último tratador e os ossos foram esmagados. Imagino minha ex-mulher levantando aquela orelha gigante e sussurrando: *Vem aqui*.

Quando comecei, a equipe me pagou uma cerveja e cada um dos membros me mostrou suas cicatrizes. Disseram que cedo ou tarde isso ia acabar acontecendo. Eu deveria ter cuidado. Todo mundo que trabalha com animais fica marcado em algum lugar.

Joseph diz que os grandes animais são como grandes problemas. Ele deve saber por experiência própria. Aconteceu quando tinha dezoito anos de idade, quando o Exército o mandou para o Camboja. Ele voltou inteiro, segundo contou, só para ver o braço mastigado por um leão senegalês de um circo itinerante. Ele tem um toquinho saindo do final do cotovelo que se dobra para cima e para baixo. Como eu, Joseph tinha uma esposa com quem não está mais envolvido. Ela o trocou por um soldado que também foi ao Camboja. Joseph diz que a culpa foi dele. Ele não culpava o leão.

O dia está quente e transpiro sob o macacão. Esfregamos as pernas de Marysue e Joseph me conta outra história, dessa vez sobre um amigo que ele conheceu no Exército (não o outro soldado, que deu no pé com a mulher dele ao pôr-do-sol). Ouvi

Joseph descrever a selva e virei minha mangueira em direção ao chão para fazer um pouco de lama. Marysue gosta de rolar na lama. Ela cava um pouco, atira a lama nas costas e eu pego uma escova de cabo comprido e a esfrego. Ela olha para mim com a boca aberta e imagino que está me agradecendo.

O amigo de Joseph estacionou perto de Phnom Penh. Ele tinha uma cacatua de estimação que comprara de um vendedor de rua por cem pratas. Ela ficava empoleirada no ombro dele e, às vezes, guinchava, agitando as penas, mas, em geral, só olhava em volta e mexia o pé para a frente e para trás. Al a ensinou a cagar quando ele mandasse. De brincadeira, ele a fazia cagar nos amigos, ou nas pessoas de quem ele não gostava, mas esse era outro tipo de brincadeira.

Um dia, eles estavam no bar, com a cacatua voando por ali, e de repente ela pousou no ombro de Al e soltou um pouquinho de seu fruto branco e brilhante. Nunca havia feito isso antes – riu Joseph –, mas Al se limitou a ficar sentado, olhando a cacatua rebocar o verde-oliva de seu casaco do exército. Ele disse: "Eu vou morrer" e morreu mesmo – alguém sabotou a moto dele e o veículo explodiu quando ele girou a ignição. Joseph comentou que viu a cacatua voando pelo lugar depois do incidente, olhando para o dono. Por fim, Joseph ficou tão puto que a atirou numa árvore e quebrou o pescoço dela. Na época, Joseph ainda tinha os dois braços.

Fiquei olhando Joseph para tentar descobrir como estava se sentindo, mas ele não parecia ter mais raiva nenhuma. Passava uma esponja pelos pés de Marysue e disse que os peixes-bois têm o mesmo tipo de unhas redondas nas nadadeiras. Disse que eram a coisa mais próxima que existia de parentes de elefantes. Tentei imaginar Marysue flutuando na água, repentinamente livre de todo aquele peso. Os elefantes podem nadar por quilômetros, explicou Joseph. De algum jeito, eles sabem que não vão afundar.

Verdadeiros animais

Sandy cuida da jaula dos macacos. É uma mulher atraente, se você a olhar pelo lado esquerdo. Quando ela se vira, dá para ver a pele franzida e a linha branca retorcida que atravessa seu peito, indo até o queixo, onde um gorila lhe dera uma mordida. A cicatriz chega bem perto do canto da boca e, por isso, quando ela sorri, a pele se estica e parece que alguma coisa ainda está agarrada nela.

Ela estudou biologia e zoologia na faculdade. Depois de formada, foi contratada por um dos professores como assistente de pesquisa e partiu para a selva africana. Pensava que tinha jeito para a coisa e isso a levou a fazer o que não devia, como chegar perto demais de um gorila recém-nascido e ver a mãe avançando de trás dos arbustos e cravando os dentes em sua cara até que a equipe com quem ela viajava derrubasse a gorila com um tiro. Sandy despertou em um hospital com os médicos estalando a língua enquanto costuravam sua pele, cobrindo os ossos.

Saímos uma vez. Eu a levei para jantar e ao cinema e depois fomos beber alguma coisa. Ela me contou que seu ex-namorado costumava fazê-la virar a cabeça quando eles transavam para não ter de vê-la. Ouvir tudo isso me deixou constrangido. É incrível o modo como as pessoas contam seus segredos cedo demais e fazem com que você se sinta responsável. Eu a levei para casa depois disso e fui embora o mais rápido que pude.

Mike cuida dos leões-marinhos, George e Martha. Tem mestrado em poesia e trabalhou aqui, esfregando o tanque, por sete anos. Diariamente, ao meio-dia, ele comanda um show, tirando peixes de um balde e lançando-os para George e Martha, enquanto eles saltam na superfície da água. Depois, se o chefe não está por perto, ele tenta vender exemplares de seu livrinho ao público.

Uma noite, depois de termos virado uma garrafa de vodca, com as calças arregaçadas e os pés no tanque dos leões-marinhos, Mike me contou da vez em que mergulhou à noite, na costa do México, com uns colegas. Disse que saltar no oceano depois do anoitecer é como despencar num cemitério, atravessando a terra, batendo em caixões e corpos e sentindo o olhar de todos os pedaços e fragmentos perdidos das almas que se filtravam do solo. Disse que nunca mais fez isso de novo.

Os caras compraram lanternas subaquáticas para ver as coisas. Eles prenderam bastões luminescentes nos tanques de oxigênio, cada um de uma cor diferente — verde, amarelo, roxo. Penduraram-nos nas máscaras e reguladores e caíram na água de costas. O grupo desceu cerca de 25 metros e deixou que a correnteza os levasse. Insetos formavam enxames em torno das lanternas e Mike pôde sentir pequenos seres alados agitando-se contra ele, ficando presos em seu traje molhado. Ele viu lagostas gigantes, medusas, raias, tubarões e outras coisas estranhas cujos nomes não conhecia, criaturas que só saíam à noite.

Mike vasculhou o fundo do mar com a lanterna. Bem além do feixe de luz, havia um movimento enorme e escamoso que não parecia ter fim — parte de uma asa de jamanta ou a curva de uma cauda. O animal agitava-se sem parar debaixo dele e havia umas coisas suspensas — espinhos ou ventosas — pedaços de detritos em seu rastro. Mike se obrigou a não entrar em pânico. Desligou a lanterna, como se tivesse sido apanhado espionando em área alheia, e ficou imóvel na quietude da água. Depois, nadou o mais rápido que pôde.

Por segurança, parou a nove metros para se proteger dos feixes de luz. Acendeu a lanterna e olhou para trás. Era uma enguia minúscula. E um cardume de peixes pequenos. Mike viu a luz verde de um bastão luminoso movendo-se lentamente em sua direção e sentiu uma lufada de alívio. Juntos, ele e o amigo se mexiam na água, de um lado para outro, enquanto esperavam pelo colega. Eles podiam ver a cor roxa de seu bastão à distância. Como ele não se aproximava mais, os dois ficaram nervosos e foram ao encontro da luz. Ele não estava lá. Era só o tanque de oxigênio assentado no fundo do mar, o bastão luminoso oscilando como uma biruta ao vento. Voltaram ao barco, mas ele tam-

Verdadeiros animais

bém não estava lá e, naquele momento, o tanque já deveria estar abaixo da reserva. Pediram socorro pelo rádio. Mike usou o *snorkel* e a lanterna para continuar procurando, mas ficou perto do barco. O corpo nunca foi encontrado.

Mike atirou a garrafa vazia de *schnapps* no tanque. Ficamos em silêncio por algum tempo. Meus dedos estavam agarrados ao corrimão e pensei em todas aquelas criancinhas que estariam pressionando o rosto no vidro amanhã. Ficamos em silêncio um pouco mais e depois ele andou pelo tanque para pescar a garrafa.

A gente ouve histórias de animais todo dia. Como a da abelha que picou o pequeno Johnny e ele teve uma parada cardíaca. A cobra que mordeu o tio Tom e o dedão do pé dele ficou atrofiado. A matilha que perseguiu a tia Shirley pela rua, fazendo-a entrar num carro pela janela, fechá-la e ver os animais rondando, metendo as patas na porta, os focinhos úmidos deixando listras na pintura cromada. Essas histórias nos servem de aviso.

Joseph raspa a sola da pata de Marysue. Ele toca abaixo de seu joelho e ela ergue a perna automaticamente, como se os dedos dele lhe contassem alguma coisa importante. Sei que não posso fazer nenhum movimento súbito agora. Ela me olha como se eu pudesse atacá-la, porque é nesse momento que outro animal pode surgir, quando ela não está preparada para se proteger. Seus olhos parecem pequenos demais para um corpo tão grande. Ela mantém a tromba nas costas de Joseph, sentindo o ambiente, certificando-se do que está acontecendo com ela.

Joseph diz que, no meio natural, quando se sentem ameaçados, os elefantes formam um círculo ao redor dos animais mais jovens e fracos. Eu me pergunto se Marysue tem família em algum lugar, se a família dela tentou evitar que fosse alvejada e levada embora. Imagino Marysue procurando por uma cauda para agarrar enquanto os outros pisam duro no chão e se preparam para atacar.

★

Ann cuida da bilheteria. Seu gato, Stinky, vem trabalhar com ela todos os dias. Ann coloca um cestinho próximo a seus pés, onde ele dorme. Stinky não tem pêlo. A pele dele fica pendurada entre as pernas como se fosse um velho de fraldas. Ann diz que Stinky salvou a vida dela.

Ela me conta de uma noite de setembro, quando acordou com uma luz brilhante em seu quarto. A cama estava vibrando e ela pensou que era um terremoto, até que sentiu o corpo se erguer e começar a se mover para a janela. O caixilho da janela voou longe e a tela foi arrancada. Ann conta que o que aconteceu depois disso foi como a agulhada que a gente sente antes de congelar de frio, seguida por um entorpecimento que formigou pelos dedos das mãos e dos pés e se moveu para as coxas, para os ombros e para o coração. Ela tentou gritar, mas a garganta estava fechada de tão inchada.

Stinky pulou no peitoril e começou a sibilar. Ele ainda tinha pêlos, disse Ann, com espirais em laranja e amarelo. Ele ficou de pé, arranhando o feixe de luz como se costurasse. Stinky arreganhou os dentes e Ann disse que os olhos do gato refletiam a luz com uma intensidade tão grande que pareciam emitir raios laser e, de repente, tudo ficou escuro. Ann caiu no chão, batendo a nuca na mesa-de-cabeceira. Ela agarrou o tapete esfarrapado que estava ali por perto e se arrastou para debaixo das cobertas, onde ficou atordoada até de manhã. Quando o dia clareou e ela teve coragem suficiente para se levantar, Ann descobriu a janela ainda aberta, pedaços da tela nos arbustos do lado de fora e Stinky, sem pêlos e tremendo, debaixo de uma pilha de roupa suja no armário.

Quando não está recolhendo os bilhetes, Ann viaja para convenções de abduzidos em todo o país junto com o gato, exibindo o corpo sem pêlos do animal como prova. Ela não vai a lugar nenhum sem ele. Fico olhando Stinky através do vidro enquanto ele está dormindo e penso em dedicação. Sei que Ann

Verdadeiros animais

se preocupa com o que vai acontecer quando ele morrer e por que ela não devia se preocupar – ela sabe o que é viver sozinha –, e quando ele se for e a luz voltar a seu quarto, ela vai saber, enquanto estiver sendo puxada pela janela, que desta vez será levada, porque não haverá ninguém ali que a ame o suficiente para impedir que se vá.

Pego um maço de alfafa e o seguro no ar. Marysue o alcança com a tromba e o tira de minha mão. Assim que engole a comida, ela se volta para ver se eu tenho mais. A tromba vasculha a palma de minha mão como se estivesse lendo minha linha da vida. Joseph diz que os elefantes podem reconhecer parentes mortos sentindo seus ossos. Eles passam horas revirando os restos mortais, afagando as curvas do crânio. Às vezes, levam alguns pedaços com eles e os carregam por quilômetros, até deixá-los para trás.

Ike é o proprietário do lugar. Acho que ele é um cara legal, opinião que compartilho com a maioria das pessoas que trabalham aqui. Ike também tem uma história, que me contou no dia da minha entrevista. Ele perguntou se eu tinha experiência com animais e eu lhe disse que podia me comunicar com os cães. Ele tinha uma miniatura de um dachshund dormindo em seus calcanhares, comecei a soltar gemidos com o fundo da garganta. O cachorro sequer levantou a cabeça para olhar para mim. Ike disse: "Você precisa mesmo do emprego ou é totalmente maluco?" Eu respondi que precisava do emprego. "Então, tudo bem", ele assentiu.

Ike é meio esquimó. Ele foi criado perto do mar de Bering, em Unalakleet, no Alasca. Muitos homens ali trabalhavam nos poços de petróleo e ficavam meses fora de casa. Isso conferiu ao vilarejo um ar de abandono, mesmo com todas as mulheres e crianças ali, mas também deu a Ike muita liberdade. Ele gostava de andar com os garotos mais velhos. A corrida de trenó puxado por cães de Iditarod acontecia anualmente e, quando chegava a época, os garotos ficavam eufóricos, construindo trenós toscos e incitando seus cães, que geralmente os derrubavam e fugiam, arrastando pedaços de metal laminado atrás deles pelo resto do dia.

Para contornar esse problema, o amigo de Ike, George, decidiu primeiro amarrar o irmão menor com correias no trenó, antes de prendê-lo ao cão da família, um husky novo que tinha o hábito de fugir. O cachorro se soltou, arrastando o irmãozinho de George aos gritos para longe, e os dois meninos tiveram de procurá-lo. Andaram um quilômetro e meio e estavam prestes a atravessar uma colina quando encontraram um bonezinho azul, do tipo que se amarra no queixo. Ike pegou o boné e eles subiram a colina e lá estava um urso polar dilacerando os intestinos do irmãozinho de George. Ele já havia se separado do cachorro – a neve estava coberta de sangue – o trenó virado, a corda pendurada frouxa do pescoço do husky. George começou a gritar e o urso se virou para olhar, o focinho úmido e vermelho. E foi assim – Ike correu.

Já havia corrido alguns metros quando George passou por ele. George era o mais velho e as pernas dele davam a impressão de que voava. Ike teve aquela sensação que desce pela nuca entre as omoplatas, sabia que o urso estava vindo e era quase como se pudesse ver a pata dianteira se esticando e o derrubando. Os pés de Ike não se entendiam embaixo dele. Ele caiu de cara no chão, esfolando os lábios na neve. Não se mexeu. Sentiu o corpo pesado do urso esmagando o chão ali perto através da poeira e percebeu que o havia perdido. Ike se urinou todo.

Ike ouviu o som que vinha do focinho do urso. Começava em seus pés e bufava entre suas pernas. Resfolegava e arfava sobre seu corpo e parecia uma pessoa prestes a contar um segredo quando se aproximou da orelha. Ele sentiu o calor do bafo do urso e fechou os olhos. Havia neve em seus pulsos, entre as luvas e seu casaco, e ele pensou na pele ali, como ficava vermelha e

Verdadeiros animais

coçava com o calor do fogo enquanto sua mãe cozinhava o mingau de aveia. E, quando ela não estava se sentindo solitária, brincava com as colheres, chocalhando os talheres no joelho, depois entre os dedos, até que pegava o ritmo e podia cantar. O focinho estava nas entrepernas de novo. Ele ouviu o urso se afastar.
 Ficou parado ali na neve por um bom tempo. Quando levantou a cabeça, estava anoitecendo. Na distância, viu um *snowmobile* se aproximando, mas não conseguiu se mexer. Ike me diz que, às vezes, as pessoas passam por essas experiências e pensam nelas durante o resto de suas vidas. Basta tentar se livrar do que aconteceu e a lembrança volta ainda mais forte, um desconforto ranzinza, uma pergunta para a qual não existe resposta, e é preciso passar por tudo aquilo mais uma vez.

Marysue gosta quando eu afago a língua dela. É um músculo grande e assustador e quando esfrego a mão nele procuro não pensar em Marysue engolindo meu braço. Uso a mão esquerda, achando que vou perder menos do que se estivesse usando a direita. Pego a mangueira e começo a última enxaguada na lateral de seu corpo. Os pêlos pretos e ásperos que crescem entre as rugas da pele caem junto com os pingos graças ao peso da água. Penso nesses pêlos mais tarde, à noite, quando estou seguro em casa e saio de um banho quente, depois de me livrar do cheiro dos bichos do dia. Passo a toalha pelos braços, em meu peito e em cada uma das pernas. Quando chego aos dedos dos pés, seco o espaço entre eles e penso de novo em minha ex-mulher. *Vem aqui.*
 Eu a conheci em um bar de Las Vegas. Ela estava na cidade para uma convenção, uma reunião de enfermeiras que trabalharam em hospitais móveis durante a guerra do Vietnã. Eu servia as bebidas. Ela me contou uma história de como salvou a vida de um cara em um restaurante com uma faca de carne e uma esferográfica, realizando uma traqueostomia entre os pratos de comida. Fiquei olhando sua garganta enquanto ela bebia o mar-

tíni, o modo como as glândulas se apertavam e se mexiam pelo pescoço. "Cortá-lo foi instintivo", disse ela e eu me inclinei sobre o balcão e a beijei.

Nos casamos sem sair do carro. Alugamos um conversível por um dia e preparamos uma cesta de piquenique. Ela usava um boné de beisebol branco com um véu grampeado atrás. Depois, seguimos de carro pela hidrelétrica. Ela se levantou e gritou enquanto a atravessávamos, o vestido voando em volta da cintura, o batom já apagado. Ela já era divorciada. Eu costumava brincar com ela sobre isso em nossos telefonemas interurbanos quando começamos a namorar, mas quando a convenci a se mudar – a deixar seu emprego e recomeçar – ela me fez prometer não tocar no assunto novamente. "Não quero ser lembrada de nada", ela falou e eu disse a ela que era por isso que as pessoas se casavam.

O nome da nossa filha é Leigh Ann. Ela nasceu com síndrome de Down e, apesar de minha mulher não dizer nada, eu sabia, pelo modo como ela fungava, que ela desconfiava de meus genes do Meio-Oeste. Quando me deixou, levou Leigh Ann para a casa dos pais dela no Novo México, aonde eu podia ir de carro todo fim de semana, passando horas constrangedoras na varanda da frente com meu bebê no colo. Eu me hospedava em um hotel perto dali e na segunda de manhã voltava para Las Vegas, o deserto se estendendo em volta de mim em todas as direções como se eu fosse o centro de alguma coisa grande. Isso em geral me dava vontade de gritar e, às vezes, eu gritava, com as janelas fechadas e o ar correndo por minha boca.

Ela ligou para mim no bar para que eu soubesse que estava se mudando com o namorado e levando Leigh Ann com ela. Tinha um estudante de direito que trabalhava comigo, pagando empréstimos com as gorjetas, e ele pegou o telefone e disse que ela devia deixar que eu soubesse para onde estava indo. Ela lhe deu o endereço, que descobri que era falso, e peguei a via expressa para a casa dos pais dela. Eles não me contaram onde minha filha estava. Disseram que eu não merecia saber.

Verdadeiros animais

Um ano depois de termos nos casado, tivemos um apartamento em Carson City. Ficava no terceiro andar, tinha um corredor comprido com uma janela no final que se abria para uma escada de incêndio que mais parecia uma ferrovia. Nas noites quentes de verão, depois que saía do trabalho, eu pulava na rua para pegar o corrimão de ferro, me içava para cima e subia até o nosso cantinho. Achava isso romântico.

Uma noite, fui ao bar e eles tinham escalado dois de nós por engano. Maggie, uma garota das Filipinas que fazia astronomia, já estava servindo as mesas. Ela me disse que Marte devia estar visível naquela noite e me ensinou como procurar pelo planeta. Me disse que ele tem um raio de 3.150 quilômetros e que leva 687 dias para dar uma volta em torno do Sol. Quando cheguei em casa, fiquei do lado de fora do nosso prédio e o procurei, um pontinho de luz minúsculo e vermelho no céu. Isso me levou a indagar quantos outros astros e planetas estavam lá fora, onde eu não podia ver, e como isso os tornava ainda menos reais.

Subi pela escada de incêndio e encontrei a janela trancada e as luzes apagadas em nosso apartamento. Comecei a bater na janela e, quando pensei que teria de descer, vi a porta no final do apartamento aberta e a luz do corredor mostrava um homem indo embora.

Minha mulher chegou de roupão de banho na janela. Estava com um sorriso amarelo quando girou o trinco. Ela abriu o caixilho e perguntou: "Você não vai entrar?" E estiquei o braço e toquei na bochecha dela e depois bati sua cabeça no peitoril da janela e essa foi a primeira vez em que a machuquei naquela noite. Eu a empurrei de volta para o quarto e ela caiu no chão, derrubando uma mesa e um abajur, e essa foi a segunda vez em que a machuquei. A terceira foi quando eu a agarrei pelos cabelos e a arrastei pelo corredor até a cozinha. A quarta aconteceu quando eu a chutei. A quinta, a sexta, a sétima, a oitava e a nona vieram quando eu a esbofeteei, a palma da minha mão ficou formigando. Pensei em uma faca, mas em vez disso peguei a batedeira na bancada da pia e a atirei em cima dela e essa foi a última vez em que a machuquei. Eu a derrubei. O nariz dela estava quebrado e havia sangue correndo pela roupa felpuda. Apoiei-me na parede para recuperar o fôlego. Leigh Ann chorava no quarto.

Sentei à mesa de nossa cozinha – a mesa onde comíamos *muffins* ingleses e espalhávamos geléia –, olhei para meus dedos tremendo e percebi que eu estava feliz. Mais tarde, depois que os hematomas sumiram e ela me deixou, me sentei no mesmo lugar e toquei minha pele, meus músculos doíam como se meu corpo houvesse se quebrado em pedaços e fosse remendado às pressas, mas, naquele momento, eu sabia que tinha atingido alguma coisa bruta e maravilhosa que ressoava em meus ossos, e foi só quando ouvi o choro de minha filha que voltei ao apartamento, àquele quarto e àquela vida que estava diante de mim e disse a mim mesmo: "Você tem uma filha, precisa ter cuidado."

Ouvi histórias de elefantes que ficaram malucos. Olhei para Marysue e me perguntei se ela trazia isso dentro dela. Peguei a vassoura que costumo usar para guiá-la de volta a sua jaula e empurrei com força abaixo de suas costelas. Ela soltou um bufo e depois um gemido e entendi que doeu. Ela se virou e me olhou com apenas um dos olhos. Passei minha mão para cima e para baixo em sua perna traseira para que ela se acalmasse e ela largou um monte de cocô, o rabo se ergueu um pouco para um lado.

Joseph começou a pegar as mangueiras com o braço, enrolando-as no ombro e colocando-as no lugar com o toco que lhe restava. Ele diz que eu penso demais. "Por que não trabalha em outro lugar?", ele pergunta. Depois, parece arrependido e diz que não está tentando se livrar de mim. Eu me pergunto então se Joseph sabe, mas ele vai para casa no mesmo horário de sempre e me deixa terminar a limpeza. Tiro o esterco da baia e espalho feno fresco para a noite.

Quando acabo, tiro os sapatos, deito meu corpo no chão da jaula de Marysue, toco sob seu joelho como faz Joseph e colo-

Verdadeiros animais

co a cabeça embaixo da pata. Ela deixa cair o traseiro em minha orelha, o cimento esfria minha bochecha, o cheiro lembra uma fertilidade viscosa de terra sob rochas. Ela muda seu peso e minha cabeça rola suavemente de um lado para outro. Posso ouvi-la respirando. Ecoa nas paredes e parece encanado, uma gravação de um elefante que ainda vive no meio selvagem. Fecho os olhos, imagino figueiras-bravas e sinto um peso se levantar.

Lar, doce lar

Pat e Clyde foram assassinados na noite da carne assada. A campainha tocou quando Pat estava colocando na mesa a manteiga e a margarina (Clyde se preocupava com o colesterol). Ela estava pensando em James Dean. Pat o adorava desesperadamente quando adolescente, viu seus filmes dezenas de vezes, escrevia seu nome nos cadernos, colocou com todo cuidado fotos dele na face interna do armário da escola para que tivesse o prazer de ver seu rosto torturado e sombrio de *Vidas amargas* enquanto ela trocava os livros de francês e inglês pelos de ciências e matemática. Quando concluiu o ensino médio, tirou as fotos e as colou na segunda capa do livro do ano, que examinou ansiosamente várias vezes no verão, e o levou para a Universidade de Massachusetts, onde ele ficava, fechado, junto do léxico e do minidicionário escolar, até que conheceu Clyde, recebeu o diploma de mestrado e pôs as coisas na mala para se mudar para a casa rústica de dois quartos na Bridge Street.

 Antes de colocar a carne no forno naquela noite, Pat fez uma xícara de chá e ligou a televisão. O canal 56 estava exibindo *Juventude transviada* e, enquanto a luz surgia lentamente na tela de sua velha Zenith, ela viu James Dean nas escadas do planetário, chorando e tentando agarrar as meias descasadas de Sal Mineo morto. Ela deixou o chá de lado, passou as pontas dos dedos quentes por dentro do decote em V de seu vestido, o mamilo duro e ereto contra a palma da mão. Foi como ver um antigo amante, como se lembrar de uma parte de si mesma que não existia mais. Ela viu os créditos rolando e olhou para fora, onde o marido aparava a grama. Ele tinha uma expressão preocupada e as meias puxadas até os joelhos.

Naquela noite, antes do jantar, enquanto ela arrumava a manteiga e a margarina lado a lado na mesa – uma amarela, aerada e light, a outra dura e escura como uma gema de ovo – se perguntou como pôde ter esquecido o modo como as sobrancelhas de James Dean se curvavam. "A memória é mesmo uma coisa estranha", pensou ela. "Eu podia esquecer tudo isso, a aparência das coisas, o que todas elas significam para mim." De repente, ela foi tomada pelo desejo de pegar as facas de manteiga e margarina nas mãos e apertá-las até que atravessassem os dedos, para de algum modo imprimir suas texturas e cores no cérebro como um estigma, para fazer delas algo que jamais perderia. Nesse momento, ela ouviu a campainha.

Quando abriu a porta, Pat percebeu que ainda era dia claro. O céu estava azul, brilhante e límpido e ela teve um fugaz sentimento de culpa de que não devia passar tanto tempo dentro de casa. Depois disso ela tombou para trás no hall, enquanto a bala de um Especial de Sábado à Noite calibre 38 perfurava seu peito, saindo de baixo da omoplata e ficando cravada na madeira da escada, de onde mais tarde seria arrancada com um canivete pelo tenente Sales e colocada escrupulosamente em um saco plástico transparente.

O marido de Pat, Clyde, foi encontrado na cozinha perto da porta dos fundos com uma faca na mão (primeiro considerada uma defesa contra o atacante e depois determinada como sendo a faca do assado). Ele levou dois tiros – um na barriga e outro na cabeça – e depois ficou coberto de cereais, as caixas alinhadas na bancada ao lado dele e o conteúdo dourado e crocante de Cap'n Crunch, sucrilhos e Special K esvaziados sobre o que restou do rosto dele.

Nada foi roubado.

Era uma noite quente de primavera, cheia de promessas de verão. Os corpos de Pat e Clyde repousavam quietos, em silên-

Verdadeiros animais

cio, à medida que o pôr-do-sol alaranjado cruzava as portas da casa e as luzes da rua se acendiam. Enquanto a escuridão surgia, os gambás gingavam pelo quintal e os guaxinins se amontoavam sob as árvores, eles ainda estavam lá, guardando seus lugares, suspensos em um momento de quietude azul antes de o sol surgir, um novo dia começar e a vida continuar sem eles.

Foi a mãe de Clyde que chamou a polícia. Ela discava o número do filho toda manhã de domingo, de Rhode Island. De alguma forma, aqueles telefonemas sempre coincidiam perfeitamente com o café da manhã ou sempre que Pat e Clyde estavam prestes a fazer amor.

"Lá vem ela bafejando", diria Clyde e levaria seu café quente com ele para a parede onde o telefone tocava ou deslizava para fora da cama com um olhar de desculpas para a esposa. O café e Pat inevitavelmente esfriariam e assim a mãe de Clyde estragaria cada domingo. Agora já fazia anos desde a última vez em que eles se divertiram pela manhã, mas, uma vez, quando eram recém-casados e Pat preparava o café da manhã, ela ouviu o telefone, foi até onde o marido estava lendo o jornal, caiu de joelhos diante dele, arrancou seu roupão e o pegou em sua boca. "Deixa tocar", pensou ela e ele deixou. Quinze minutos depois, a polícia estava na varanda da frente cheia de sorrisos enquanto Clyde, vermelho de vergonha, com uma protuberância no roupão, respondia às perguntas na porta.

Na maior parte do tempo, a mãe de Clyde era uma pessoa muito legal. Ela se comportava de uma maneira tão gentil e decorosa, que as pessoas freqüentemente diziam depois de conhecê-la: "Que mulher adorável." Mas, com Clyde, ela perdia a cabeça. Era desconfiada, inquisidora e tirânica. Ficou ainda pior após a morte do marido. Depois de passar pelo luto, o filho tornou-se seu homem. Ela lançava seu senso de responsabilidade sobre ele como anzóis, puxando a linha, soltando um pouco quando achava que ele estava escapando, de forma que as pontas ficavam incrustadas na carne dele tão profundamente que o matariam se ele tentasse se livrar delas.

Ela ligou para a polícia depois de tentar falar com o filho trinta e duas vezes e, como o tenente em serviço era gentil, sua própria mãe tendo falecido recentemente, uma patrulha foi despachada à casa de Pat e Clyde na Bridge Street. E como também um dos policiais estava querendo comprar uma casa no bairro, os tiras decidiram verificar os fundos da casa depois de não obterem resposta nenhuma. Havia cereais espalhados pelo quintal, por isso o homem desconfiou e porque era um dia de vento e porque as dobradiças tinham sido lubrificadas há pouco tempo e porque a porta tinha sido deixada aberta e balançava e porque um deles tinha visto um morto antes, um suicida em Hanover, e conhecia sangue, miolos e fragmentos de crânio quando os via, ele fez uma chamada à delegacia, porque seu parceiro estava vomitando em silêncio nas roseiras. "Temos um problema aqui", disse ele.

Mais cedo, naquela manhã, a Sra. Mitchell tinha soltado o cachorro com um tapinha afetuoso e triste no traseiro do animal. Buster era um labrador e tratava todos os quintais de Bridge Street como se fossem seus, percorrendo preguiçosamente os canteiros de flores, fazendo uma pausa para beber água em um irrigador, rasgando sacos de lixo e aliviando-se entre canteiros de nabos recém-plantados. Logo ele estava cavando um buraco no quintal de Pat e Clyde.

Havia floquinhos dourados espalhados no gramado. Buster pegou um com a língua e mastigou. Os flocos eram comida e o cachorro seguiu a promessa de mais comida pelo gramado, atravessou a porta dos fundos e passou por Clyde, rígido e coberto de moscas, uma pilha de massa cor-de-rosa cheia de umidade do que restava dos cereais em seus ombros. O tapete debaixo da mesa da cozinha estava ensopado de sangue. Buster deixou pegadas vermelhas quando andou em volta do corpo e farejou os chinelos nos pés do morto. O cão farejou o último segundo de Clyde, enroscando-se no arco dos pés dele.

Verdadeiros animais

A campainha tocou quando Clyde acabara de fuçar o assado com o garfo, liberando dois fluxos de sumo, que correram pelas laterais da carne até serem capturados pela borda alta da travessa. Ele parou com a faca erguida, esperando ouvir e reconhecer a voz de sua mulher e a de quem tinha aparecido para uma visita. Seu estômago se contraiu em silêncio. Ele estava com fome. Quando o tiro explodiu, ele o sentiu em toda parte ao mesmo tempo – nas paredes, nos olhos, no peito, nos braços, nos utensílios que estava segurando, no pedaço de carne que estava fuçando, nos chinelos que o colocavam no chão, na cozinha, antes de sua refeição da noite.

Buster puxou um dos chinelos e cravou os dentes nele. Retirou o recheio de dentro do revestimento e ficou de olho no morto, que costumava enxotá-lo quando o via nos sacos de lixo, mastigando os narcisos que se alinhavam no caminho, fuçando as tralhas nos fundos da garagem. Uma vez, depois de flagrar o cachorro se aliviando no meio da entrada de carros, Clyde o arrastou pela coleira por toda a Bridge Street. "Olha aqui, cachorro", disse o Sr. Mitchell depois que Clyde saiu, com uma das mãos alisando o lugar onde a coleira o sufocara e a outra coçando vigorosamente as costas do cão. "Você caga onde te der vontade."

Quando decidiu sair da casa, o cão levou o chinelo. Arrastou-o para o buraco que tinha começado e o atirou ali. Buster andou de um lado para outro em volta do buraco que havia tapado, depois ergueu a pata para marcar o lugar.

Os Mitchell tinham trazido o cão quando se mudaram para o bairro. Três anos depois, um filho chegou – não um bebê recém-nascido todo vestidinho de touca, mas um menino magro e escuro de idade indefinida. O nome dele era Miguel e não ficou claro para as pessoas que moravam na Bridge Street se ele era adotivo ou filho de um casamento anterior. Ele tratava os Mitchell como mãe e pai, foi matriculado na escola pública de seu distrito e tranqüilamente tornou-se parte de sua vida diária.

Na verdade, Miguel era filho legítimo do Sr. Mitchell, gerado inadvertidamente com uma prostituta venezuelana em uma viagem de negócios uns sete anos antes. A mãe fora morta em um acidente de ônibus junto com outros 53 passageiros em uma estrada nos arredores de Caracas e a polícia local tinha entrado em contato com o Sr. Mitchell por meio de um cartão de visitas desbotado que ela deixara dentro de uma Bíblia. Depois de um exame de paternidade, o menino chegou ao aeroporto Logan com um lençol puído e uma mochila cheia de galinhas (seus animais de estimação), que foram rapidamente confiscadas pelos funcionários da alfândega. O Sr. Mitchell desceu de carro a Rota 128 com sua *station wagon*, surpreso e em pânico graças à súbita paternidade, tentando confortar o menino choroso e se perguntando como Miguel tinha conseguido manter as aves em silêncio dentro do avião.

Quando estacionou na entrada de carros, a Sra. Mitchell estava esperando com um copo de leite quente com açúcar. Ela vestia jeans. Pegou o menino nos braços e o levou imediatamente para o banheiro, onde o fez se sentar na bancada e lavou seu rosto, suas mãos, seus joelhos e seus pés. Miguel bebericava o leite, enquanto a Sra. Mitchell passava a toalha de banho delicadamente atrás das orelhas dele. Quando ela terminou, deitou-o na cama de hóspedes, cobriu-o com uma manta e leu para ele um monte de histórias de Curious George na Espanha, que havia encomendado na livraria do bairro. Mostrou a Miguel um retrato do macaquinho no hospital levando uma injeção de uma enfermeira e o menino adormeceu com um dedo enganchado no cós do jeans dela. A Sra. Mitchell se sentou na cama ao lado dele em silêncio até que ele se virou e deixou que ela saísse.

O Sr. Mitchell tinha conhecido a esposa em um posto de gasolina no norte da Califórnia. Ele havia acabado de concluir o curso de administração e estava dirigindo um carro alugado pela costa para ver a floresta Olympic. Ela estava em uma picape com placa do Oregon. Os dois saíram e começaram a abastecer o carro. O Sr. Mitchell terminou primeiro e, quando voltou para

Verdadeiros animais

seu carro, depois de pagar, viu os músculos do grosso braço da Sra. Mitchell flexionados quando ela recolocou a mangueira no lugar. Ela olhou de relance, pegou-o olhando para ela e sorriu. Não era bonita, mas um de seus dentes projetava-se para o lado com charme. Havia nela um ar de confiança, um ar de eficiência que o fez acreditar que ela era o tipo de mulher que resolveria qualquer problema. Ele deu a partida no carro, manobrou no posto e olhou pelo retrovisor. Viu a picape tomar a direção contrária e, enquanto se afastava, sentiu uma espécie de pressão que o fez manobrar de novo e segui-la por 95 quilômetros.

Quando ela parasse para descansar, ele iria fingir surpresa por vê-la. Mais tarde, ele descobriu que muita gente seguia sua mulher, que ela estava acostumada e que isso não lhe soava nada estranho. Gente que ela nunca vira na vida se aproximava e começava a falar com ela nos shoppings, nos elevadores, nas salas de espera de consultórios médicos, nos sinais de trânsito, nos shows, nas cafeterias e bistrôs. Um velho a levou pelo braço para fora de um parque de diversões e começou a sussurrar sobre seu filho assassinado. Uma mulher com três crianças colocou a toalha de praia na areia, esticando-a bem perto da toalha da Sra. Mitchell, e começou a chorar. Até o cachorro, um animal extraviado que ela alimentou quando acampou no Tennessee, veio arranhar a porta deles seis semanas depois. O Sr. Mitchell era ciumento e se assustava com esses estranhos, com freqüência fazendo-se de escudo para a esposa. "O que será que essa gente quer com ela?", ele se pegou pensando. Mas ele também sentia: "O que vão tirar de mim?"

Sua esposa era uma mulher tranqüila, como são tranqüilas as grandes rochas bem além da costa. As ondas as fustigam, as algas se penduram nelas e os pássaros se reúnem em seu topo. O Sr. Mitchell ficou surpreso que ela se casasse com ele. Ele passou os primeiros anos fazendo o máximo para agradá-la e procurando por sinais de que ela estava indo embora.

Às vezes ela ficava deprimida e se trancava no quarto. Isso o deixava furioso. Quando ela saía, delicada e rosada do banho, colocava os braços em torno dele e lhe dizia que ele era um bom homem. O Sr. Mitchell não tinha certeza disso, mas às vezes se pegava odiando-a. Ele queria que ela soubesse que isso o deixava sem autoridade. Ele começou a se arriscar.

Quando recebeu o telefonema da Venezuela falando-lhe de Miguel, o Sr. Mitchell ficou ao mesmo tempo apavorado com a possibilidade de perder sua esposa e secretamente feliz de tê-la surpreendido. Mas todo o controle que sentiu enquanto se preparava para a chegada do filho se desmanchou quando ele a viu receber o menino escuro e estranho nos braços e ternamente lavar os pés dele. O Sr. Mitchell percebeu que ela era capaz de tirar tudo dele.

Os três formavam uma família um tanto estranha. O Sr. Mitchell tentou colocar o menino num orfanato, mas a mulher não permitiu. Ele agora já era pai por acidente há dois anos. Levava o menino aos jogos de beisebol, comprava gibis e o levava para a escola de carro todas as manhãs. Às vezes, o Sr. Mitchell gostava dessas coisas; em outras ocasiões, elas o deixavam irritado. Um dia, ele pegou Miguel conversando com a mulher em espanhol e o menino imediatamente parou. Ele viu que o filho tinha medo dele e teve certeza de que sua esposa era responsável também por isso. O Sr. Mitchell começou a se ressentir daquilo que no começo o atraíra para ela e, para afastar aqueles sentimentos, começou um caso com a vizinha, Pat.

O caso não começou inocentemente. Pat cumprimentou o Sr. Mitchell no supermercado, depois se virou e apertou o corpo contra o dele para abrir espaço para alguém passar pelo corredor. O traseiro inclinado contra os quadris dele, os seios tocando seu braço. O Sr. Mitchell nunca tinha conversado com Pat nada que fosse além do tempo ou do horário de coleta de lixo, mas depois, naquela semana, ele foi falar com a vizinha quando ela estava plantando bulbos no jardim e deslizou a mão pelo elástico da cintura da bermuda que ela usava. Ele a pegou na cerca, sob uma bétula, em pleno dia ensolarado e brilhante, onde todos podiam ver. O Sr. Mitchell não disse nada, mas sabia

Verdadeiros animais

pela respiração dela e pela forma como Pat enrijeceu em sua mão que ela não estava assustada.

Ele não sabe o que deu nele para fazer uma coisa dessas. Estava indo à biblioteca para devolver alguns livros. Olha, os livros estão ali, atirados no gramado, encapados em um plástico manchado pelo tempo e pelos dedos de leitores que ele não conhecia. E aqui estava outra pessoa que ele não conhecia, arfando em sua orelha, deixando marcas de terra em seus braços. Alguém que ele vira inclinado à luz do sol, um leve brilho de suor refletindo na parte de trás dos joelhos e por quem ele de repente tivera uma sensação implacável de solidão e desejo. Um novo tipo de calor se espalhou pela palma da mão dele e ele tentou não pensar na esposa.

Eles faziam um sexo vigoroso e bruto em lugares públicos – salas de cinema e parques, elevadores e praças. Depois que escureceu, debaixo do trepa-trepa, seus joelhos pressionando a terra, o Sr. Mitchell começou a se perguntar por que não tinham sido apanhados. Certa vez, sentados em um banco perto da represa, Pat escancarava a saia para ele, sem calcinha, e eles tinham acenado para um casal de idosos que passava por ali. O casal continuou a andar como se não os tivesse visto. A experiência deixou a impressão de que seus encontros com Pat ocorriam em uma espécie de realidade alternativa, uma bolha no tempo que ele sabia que um dia ia estourar.

Pat disse a ele que Clyde tinha ficado impotente depois da morte do pai. O velho era mecânico e estava trabalhando sob um tanque quando o macaco escorregou, esmagando-o no peito. Clyde segurou a mão do pai enquanto ele morria e a frieza que surgiu quando a vida deixou o corpo do velho pareceu se espalhar pelos dedos e braços de Clyde e ele parou de usá-los para tocar sua esposa. Desde o enterro, ela já tivera dois amantes. O Sr. Mitchell era o número três.

Correram rumores, tempos depois, de que o macaco tinha sido adulterado – que o pai de Clyde devia dinheiro a alguém. Pat negou isso, mas o Sr. Mitchell se lembrava de dirigir pelo posto de gasolina e ter a sensação de que deveria começar a encher o tanque de seu carro em outro lugar. Parecia que aquele estabelecimento estava se tornando duvidoso.

Ele começou a marcar os encontros com Pat cada vez mais perto de casa. O desejo do Sr. Mitchell aumentava com o risco de ser descoberto e, em casa, ele começava a ter fantasias com a mesa da sala de jantar, a secadora de roupas na lavanderia, o espaço na bancada da cozinha ao lado do mixer. Ele tocava esses lugares com a ponta dos dedos, pensando em como se sentiria depois, observando a esposa tomar a sopa, dobrar as toalhas, a batedeira no mesmo lugar de sempre.

No dia do assassinato de Pat, antes de ela colocar o assado no forno ou ter reminiscências com James Dean ou pensar na diferença entre manteiga e margarina, ela estava transando no vestíbulo. A inscrição LAR, DOCE LAR arranhava suas costas. O Sr. Mitchell tinha visto Clyde sair para uma aula de boliche e, enquanto esperava na varanda da frente que Pat abrisse a porta, alguma coisa o fez ajeitar o capacho na entrada. A Sra. Mitchell logo chegaria em casa com Miguel e a idéia de ela estar tão perto alfinetou as orelhas dele. Quando Pat atendeu, ele atirou o capacho no hall, depois Pat, depois a si mesmo, as solas de seus sapatos batendo na mesa da entrada. O Sr. Mitchell trouxe os joelhos de Pat até seus ombros e ouviu o ronco do carro de sua mulher.

No dia seguinte, quando subiu as escadas da varanda de Pat e Clyde, o tenente Sales não percebeu que não havia onde esfregar os pés. Era um homem de estatura mediana: um metro e setenta e cinco, oitenta e cinco quilos, cabelos e olhos castanhos, pele morena. Fora campeão de mergulho em águas profundas, até que o ataque de um tubarão (que lhe deixou um buraco na lateral do corpo com as cicatrizes rosadas e franzidas da pele nova) tirou-o da água com um senso de autoridade justificada e o induziu a se unir à força policial. Ele morava a trinta e cinco

Verdadeiros animais

minutos de distância, em um apartamento de porão com um gato siamês chamado Frank.
 Quando Sales era menino, teve uma professora que cheirava a rosas. O nome dela era Sra. Bosco. Ela lhe mostrou como fazer ovos quentes. Forçar a gema para fora do minúsculo buraco sempre lhe parecia meio nojento, como expulsar pelo nariz uma grande meleca, mas, quando via as bochechas vermelhas de esforço da Sra. Bosco, ele sabia que valia a pena, e assim era – a casca vazia em sua mão como uma respiração suspensa. Sempre que começava uma investigação, tinha a mesma sensação e, quando entrou pela porta da casa de Pat e Clyde, ele a sentiu subir em seu peito e ficar congelada.
 Ele interrogou o policial que tinha encontrado os corpos. Estavam envergonhados quanto às razões que tiveram para ir até o quintal, mas logo começaram a discutir em voz alta o revestimento da parede, o gesso e os prós e contras de janelas em arco (todos os homens, inclusive o tenente Sales, passavam os fins de semana e as horas de folga envolvidos em alguma construção). O policial que tinha vomitado nos arbustos foi para casa cedo. Quando Sales falou com ele mais tarde, ele se desculpou por ter contaminado a cena do crime.
 O tenente Sales encontrou o assado na bancada da pia. Descobriu vagens ainda no fogão. Encontrou uma torta de cereja cremosa quase queimando no forno. Encontrou a manteiga e a margarina meio derretidas na mesa de jantar. Descobriu que Pat e Clyde usavam guardanapos de pano e pratinhos separados para os pãezinhos. Os talheres de prata estavam polidos. As facas de carne tinham o gume virado para dentro.
 Ele descobriu as contas ainda não pagas em um cesto perto do telefone. Encontrou roupa limpa dentro da secadora no porão – toalhas, lençóis, camisetas, meias, três jogos de cuecas Fruit of the Loom e um par de calcinhas macias de cetim cor-de-rosa com o elástico começando a ceder, o fundilho puído e fino. Encontrou uma carta inacabada que Pat começara a escrever para uma amiga que recentemente se mudara para o

Arizona: *Como estão as coisas por aí? Como você agüenta o calor?* Encontrou o álbum de selos de Clyde de quando era menino – manchinhas de cores brilhantes, águas-fortes de flores e retratos de reis colados com esmero acima de nomes de países de que o tenente Sales jamais ouvira falar.

Ele encontrou a bala que tinha atravessado o corpo de Pat incrustada na escada. Encontrou um fio puxado na meia dela, começando no calcanhar e seguindo pelas costas da perna. Pensou em como Pat tinha andado o dia todo a caminho da morte sem saber que havia um buraco nas meias. Encontrou uma mancha, escura e fresca, sob os ombros, espalhando-se pelo tapete oriental do vestíbulo e ganhando o piso de madeira-delei, que ele percebeu, enquanto se ajoelhava para ver mais de perto, que ainda tinha o cheiro de produto de limpeza. Encontrou um grampo de cabelos preso na franja do tapete. Encontrou um punhado de sementes de dente-de-leão, os minúsculos filamentos brancos separando-se em seus dedos. Encontrou uma expressão no rosto de Pat parecida com a de uma criança tentando ser corajosa, os lábios apertados e finos, a testa começando a enrugar, os olhos arregalados, escuros e incrédulos. O corpo estava rígido quando a retiraram dali.

Havia pegadas de cachorro na varanda dos fundos. Eram as impressões de um animal de porte médio, vermelhas e claramente definidas circundando o corpo na cozinha, depois passavam por si mesmas e iam para a porta, desbotavam nas escadas e seguiam para a entrada de carros até desaparecer no quintal. O tenente Sales mandou um homem bater à porta das casas vizinhas e descobrir quem tinha deixado o cachorro fora da guia. Interrogou a mãe de Clyde. Ele voltou à delegacia e verificou os registros de Pat e Clyde – tudo certo. Quando finalmente foi dormir naquela noite, sentindo o calorzinho de seu gato enroscado perto do ombro, o tenente Sales pensou na sensação da calcinha de cetim, nos chinelos desaparecidos, no tapete de boas-vindas roubado, nas sementes de dentes-de-leão de um quintal que não tinha dentes-de-leão e no tipo de assassino que tem o cuidado de desligar o forno.

Um mês antes do assassinato de Pat e Clyde, a Sra. Mitchell estava consertando a privada. O marido passou por ela a caminho da cozinha, parou na porta, sacudiu a cabeça e disse que ela era boa demais para ele. A tampa pesada de porcelana estava arriada, ela tinha os braços enfiados até os cotovelos na água amarelada. O homem com que se casara estava parado na entrada do banheiro e falava, mas a Sra. Mitchell estava concentrada no som típico do encanamento que tentava limpar e, por isso, não respondeu.

O Sr. Mitchell foi para a cozinha e começou a fazer pipoca. O milho estalava na panela enquanto as palavras dele esmoreciam nos ouvidos da esposa e, quando, com um giro do cabide sob a água, a Sra. Mitchell parou de bater nos canos, sentiu no silêncio que se seguiu que o marido havia feito alguma coisa errada. Ela teve a mesma intuição antes que ele lhe contasse sobre Miguel. Uma brisa entrou pela janela e eriçou os pêlos de seus braços úmidos. Ela tirou as mãos de dentro da privada e pensou: "Consertei."

Quando Miguel chegou, ela transformou todo o sofrimento que sentia em sua existência em um feroz amor materno. A Sra. Mitchell pensava que o marido ficaria grato; mas, em vez disso, ele parecia se voltar contra ela. Tornou-se melodramático e rancoroso. Culpou-a pelo que ele fizera, por ser uma mulher de convivência tão difícil. Foi o mais perto que ela chegou de ir embora. Mas ela não contava com o menino.

Miguel passou os primeiros três meses de sua vida na América pedindo para ir para casa. Quando chegou o quarto mês, ele começou a ter crises de sonambulismo. Descia as escadas até a cozinha, esvaziava a lixeira e se enroscava dentro dela. De manhã, a Sra. Mitchell o encontraria ali dormindo, com os ombros dentro da lixeira e os pés na borra de café e nos restos de comida. Ele lhe disse que estava procurando a cabeça da mãe. Ela fora decapitada no acidente de ônibus e agora rondava os sonhos de Miguel durante a noite, acenando para ele com os braços, as galinhas perdidas pousadas nos ombros, bicando um pescoço vazio.

A Sra. Mitchell sugeriu que fizessem uma nova cabeça para ela. Pegou material para papel machê. As tiras de jornal caíam feito ataduras à medida que ela ajudava Miguel a mergulhá-las em cola e as colocava suavemente na superfície de um balão inflado. Eles modelaram um nariz e os lábios em papel-cartão. Depois de seco, Miguel descreveu o rosto da mãe e eles pintaram a pele castanha, acrescentaram fios de seda para os cabelos, cortaram cílios de cartolina. A Sra. Mitchell pegou um par de brincos de ouro, fincou-os onde tinham desenhado as orelhas e disse, com o coração apertado: "Ela está bonita." Miguel concordou. E sorriu. Colocou a cabeça da mãe no alto de uma estante em seu quarto e parou de dormir na lata de lixo.

Às vezes, quando ia ver o menino à noite, a Sra. Mitchell sentia a cabeça olhando para ela. Era enervante. Imaginou seu marido fazendo amor com a face de papel machê e descobriu um ódio tão forte e tão vigoroso que teve medo de si mesma. Pensou em surrupiar a cabeça e destruí-la, mas se lembrou de como as pernas do menino lhe pareceram fininhas e dignas de pena no chão da cozinha. Foi então que Miguel começou a amá-la e ela de repente sentiu-se capaz de tudo. Torcia o nariz para a cabeça no canto. Manteve seu coração aberto.

A Sra. Mitchell fora criada pelas tias em uma casa perto do rio, onde a mãe dela havia se afogado. As tias eram caçadoras, principalmente de aves, que elas limpavam, cozinhavam e comiam. Quando menina, a Sra. Mitchell recolhia o produto dos tiros. As aves sempre pareciam úmidas, até em dias claros. Às vezes, ainda estavam vivas quando ela as encontrava – as asas debatendo-se, pedaços do peito arrancados. Ela aprendeu a pegar o pescoço dos pássaros e quebrá-los com rapidez.

Verdadeiros animais

A Sra. Mitchell tem um retrato da mãe perto do espelho de seu quarto e, sempre que vê seu reflexo, seus olhos deixam naturalmente o próprio rosto para ver o da mulher que a deu à luz. A foto era em preto e branco e tinha as pontas dobradas. Ela estava com quinze anos, tinha o cabelo trançado, a ponta de uma das tranças entre os lábios. Fazia a Sra. Mitchell pensar em histórias que tinha ouvido de mulheres que passavam a vida inteira fiando – os anos passando cera na boca para fazer os fios as deixavam desfiguradas, com os lábios inferiores caídos; um ar permanente de espancamento.

As tias construíram um estande de tiro em uma área da propriedade atrás da casa. Era tarefa da Sra. Mitchell arrumar os alvos e buscar chá gelado e munição para elas. Ela guardava um jarro cheio de cápsulas de balas nos fundos de seu armário, invólucros dourados e brilhantes da coleção de calibres 22 e 45 das tias. Elas fizeram o estande em um velho galpão, usando duas mesas cobertas por sacos de areia, cuja função era sustentar as armas. Os sacos tomavam a forma do metal pesado quando as peças eram dispostas sobre eles.

Quando estava com doze anos, as tias lhe deram um rifle. Ela já conhecia as posições de tiro e praticava com a nova arma todos os dias depois da escola. Ela conseguia acertar alvos ajoelhada, agachada, deitada e de pé, com os quadris paralelos ao cano da arma e a cintura torcida, da mesma forma que as tias lhe ensinaram a posar quando tiravam retrato. Ela pegava latinhas e velhas placas de metal e pontilhava os contornos de homens de papel.

A Sra. Mitchell se lembrou disso enquanto estacionava na entrada de carros. Ela olhou por sobre a cerca e viu o marido fazendo sexo na porta da frente da casa vizinha. Virou-se para Miguel, no banco do carona, e disse a ele que fechasse os olhos. O menino cobriu o rosto com as mãos e ficou sentado em silêncio enquanto ela saía do carro. A Sra. Mitchell observou o marido movendo-se para a frente e para trás e sentiu o chão ceder sob os pés. Teve a sensação de ser apanhada em um rio, a correnteza puxando seu corpo para fora, arrancando os tornozelos, e ela se perguntou por que não se afogava quando percebeu que estava agarrada à cerca. A madeira parecia lisa e gasta, como o punho de sua primeira arma. Ela apoiou-se na cerca para impedir que o corpo tombasse. Mais tarde, ela pensou na expressão no rosto de Pat. Fazia com que a Sra. Mitchell se lembrasse do Homem de Lata de *O mágico de Oz* – candidamente adorável e oleoso de expectativa. Na versão em livro que comprou para Miguel, ela leu que o Homem de Lata um dia fora um homem de carne e osso, mas seu machado escorregou, desmembrando o corpo dele, obrigando-o a trocar lentamente sua carne, pedaço por pedaço, por metal oco. A Sra. Mitchell pensou que o corpo de Pat devia chocalhar com o mesmo tipo de vazio, mas não foi assim que aconteceu. Ele caiu com o baque pesado da carne. Enquanto esperava pelo eco, a Sra. Mitchell ouviu uma tossezinha vindo da cozinha, o tipo de tosse que uma pessoa dá educadamente em situações sociais para lembrar a alguém de que está ali. Ela seguiu o som e encontrou Clyde de chinelos, enfiando a faca no assado.

– Oi. Acabo de matar sua mulher – e, ao dizer isso, entendeu que tinha de atirar em Clyde também. As vagens estavam cozinhando, a água espumava pelas bordas da panela e chiava na chama baixa do fogão. A Sra. Mitchell desligou o forno e girou todos os queimadores até apagá-los.

As tias nunca se casaram. Elas ainda moravam na casa onde criaram a sobrinha. De vez em quando mandavam fotos delas, receitas, informação sobre a agência de Administração de Reconstrução Nacional ou obituários de pessoas que ela conhecera, recortados do jornal local. Quando um repórter ligou para a Sra. Mitchell fazendo perguntas sobre Pat e Clyde, ela pensou em todas as notícias que as tias lhe mandavam há anos e disse: "Eles eram bons vizinhos e pessoas maravilhosas. Não sei quem poderia ter feito uma coisa dessas. Eles vão fazer muita falta." A verdade era que ela sentia muito pouco por Pat. Foi difícil se perdoar por isso, então ela nem tentou. Em vez disso, fez o máximo para esquecer a forma como Clyde a olhou, a surpresa

Verdadeiros animais

no rosto dele, como se estivesse prestes a lhe oferecer uma bebida antes de tombar no chão.
 Ela esperou pacientemente que alguém a procurasse durante todo o dia seguinte. Viu as viaturas da polícia e as vans dos noticiários de televisão indo e vindo. Na manhã de segunda-feira, ela acordou e deixou o cachorro sair. Fez um sanduíche para Miguel e o colocou na lancheira dele ao lado de uma garrafa térmica com leite. Despejou suco em um copo e cereais em uma tigela. Depois, se trancou no banheiro e viu as mãos tremendo. Lembrou-se de que quis cobrir Clyde com alguma coisa. Quando caíram da caixa, os cereais fizeram um som agudo de algo diferente, como água nas pedras, mas rapidamente se transformaram em uma bagunça ensopada que permaneceu com ela enquanto o deixava, passava por cima de Pat e pegava o capacho de boas-vindas com suas luvas. Ainda podia ver o marido mexendo-se para a frente e para trás por cima do tapete. Queria desaparecer com o LAR, DOCE LAR, mas o máximo que conseguiu foi carregá-lo até o final da entrada de carros, por isso o deixou na lixeira da rua.
 A Sra. Mitchell descobriu que não podia dizer adeus. Não quando o marido bateu na porta para tomar um banho e não quando Miguel perguntou se podia escovar os dentes. Ela se sentou na privada e os ouviu andar pela casa e sair. Mais tarde, ela viu pela janela um homem cercar a casa dos vizinhos com a fita da polícia. Para passá-la em volta de uma árvore no jardim, ele envolveu o tronco com os braços. Foi um abraço breve. "Aquela árvore não sentiu nada", pensou ela.
 À tardinha, quando o sol começou a cair, o tenente Sales atravessou o jardim dos Mitchell. Estava levando um chinelo mastigado em uma sacola, empurrando os dentes-de-leão e fazendo com que as sementes de lanugem branca se espalhassem ao vento. A Sra. Mitchell o viu chegar. Ela girou a chave na fechadura e, depois de sair do banheiro, passou os dedos nos cabelos, ajeitando as pontas eriçadas. A campainha tocou. O cão latiu. Ela abriu a porta e lhe ofereceu um café.

43

★

Miguel fez nove anos naquele verão. Nos dois últimos anos que passou com os Mitchell, o menino não tinha crescido mais do que uns três centímetros. Entretanto, com o clima quente de junho, ele esticou de repente – as pernas se alongaram como se fossem feitas de puxa-puxa de açúcar mascavo sobre os novos ossos protuberantes, como se os genes de seu pai americano tivessem ficado adormecidos, aguardando sua vez até que a combinação certa da brisa de primavera e comida processada lhe despertassem com um beijo. Ele começou a tropeçar em si mesmo. No caminho para casa, quando vinha da aula de beisebol naquela segunda, prendeu o pé que acabara de distender em uma lixeira do lado de fora da fita da polícia que fechava o jardim de Pat e Clyde. Miguel caiu na calçada, espalmando as mãos no concreto. O tambor virou por cima dele e da lata saiu um capacho de boas-vindas: LAR, DOCE LAR.

Miguel não era o melhor aluno, mas conseguira amigos sem muito esforço depois de fazer vários *home runs* na aula de educação física. Norman e Greg Kessler, gêmeos e os meninos mais populares da escola, escolheram Miguel para seu time e como amigo. Norman e Greg ajudavam-no com o inglês, defendiam-no dos possíveis agressores e lhe contaram quando viram o pai dele nu.

O Sr. Mitchell tinha passado por eles de carro na via expressa despido da cintura para baixo. Da janela da minivan da mãe, Norman e Greg puderam ver uma mulher inclinada sobre a marcha. "É verdade", disseram os gêmeos. Miguel os fez jurar sobre a Bíblia, sobre uma pilha de cartões dos Red Sox e, finalmente, sobre o túmulo do avô deles, o que eles realmente fizeram, deixando as bicicletas jogadas na grama e as mãos suadas pressionando o mármore polido de seus antepassados. No jantar, naquela noite, o menino viu o pai comendo. O canto de sua mandíbula trincado e virou.

Verdadeiros animais

Miguel sentiu sua memória o empurrar para lembranças de cachorros-quentes, de inglês, bolinhos Hostess e sua coleção de gibis do Homem-Aranha. Ele tinha cinco anos e perguntou à mãe onde o pai estava. Ela fazia café – passando o pó por um filtro de pano e arame. Ele recolhera os ovos de suas galinhas para o café da manhã. Tinha eles ainda quentes em suas mãos. A mãe dele pegou um. "Esse é o mundo e estamos aqui", disse ela e apontou para a metade inferior do ovo. "Seu pai está lá." Ela correu o dedo pela casca do ovo, para cima, e bateu na ponta com uma das unhas vermelho-escuras. Depois, quebrou o ovo em uma frigideira e atirou a casca na lixeira. Mais tarde, ele resgatou a casca e passou a ponta dos dedos de um lado a outro da escorregadia membrana interna até que ela se desfez em pedaços.

Miguel pegou o capacho e o sacudiu para tirar a poeira. Parecia algo que a Sra. Mitchell podia querer. Naquela manhã, ele ficou olhando pelo buraco da fechadura do banheiro. Ela estava fora de seu campo de visão, mas ele podia sentir a preocupação dela.

Em Caracas, ele vasculhava o lixo regularmente, procurando por coisas para brincar e, às vezes, algo para comer. Desde que soube de seu pai nu na via expressa, passou a se lembrar mais de sua vida antes de ir para os Estados Unidos, e chegou a adotar novamente alguns dos hábitos antigos, como se o *non sequitur* da nudez do pai o tivesse despertado com uma sacudida suave. Ele se deitava na cama à noite e procurava orientação nos olhos da cabeça de papel machê. Tinha duas vidas agora, dois países e duas mães. Logo ele encontraria outra vida sem o pai, outra, quando saísse da faculdade, e outra vida e ainda outra e outra e outra, cada uma delas uma casca fina e frágil ecoando o zumbido do que se passara antes.

O menino foi até a cozinha e encontrou a mãe americana sentada com um homem estranho. Os dois seguravam xícaras de café fumegante. Buster estava debaixo da mesa, acordando de sua soneca da tarde. Ele viu Miguel e bateu o rabo no chão sem muito entusiasmo. Os adultos se viraram. "E agora, o que temos aqui?"

Hannah Tinti

O tenente Sales pegou LAR, DOCE LAR. Havia algo no olhar do menino e na sensação da ráfia que sugeria possibilidades e a pele rosada e enrugada onde o tubarão o havia mordido começou a coçar. Formigou a tarde toda. Mais tarde, no laboratório, o capacho revelaria minúsculos pontos do sangue de Pat, saliva de cachorro, pólvora, formigas mortas, lama, fertilizantes e pegadas –, mas não a impressão dos joelhos do Sr. Mitchell ou a hesitação de sua esposa ciumenta diante da porta ou a fome do menino na lixeira. Tudo isso havia sido sacudido.

O tenente Sales sairia da casa dos Mitchell naquela tarde com o mesmo tremor que teve quando o tubarão passou e ele percebeu que sua perna ainda estava ali. Ficou animado e depois exausto, como se a vida lhe tivesse sido drenada e ele depois entendeu que havia atingido o máximo. Não haveria cicatriz nem solução para o assassinato, só a sensação de que tinha perdido alguma coisa e o gosto familiar de coisas que não foram feitas. Por ora, ele estendeu a mão com uma espécie de esperança e aceitou o capacho da entrada como um presente.

A Sra. Mitchell colocou o braço em torno dos ombros de Miguel e esperou que o tenente Sales a prendesse. Ela continuaria a esperar nas semanas seguintes enquanto os suspeitos eram considerados e dispensados, as manchetes mudavam e os funerais eram planejados. As possibilidades desses momentos passavam por ela como sombras. Quando eles foram embora, ela ficou parada ali, gelada.

A mãe de Clyde providenciou caixões fechados. No banco da igreja, a Sra. Mitchell sentou-se em silêncio. O marido parecia nervoso e estalava os nós dos dedos. Depois do serviço religioso, eles foram para casa e o Sr. Mitchell começou a arrumar suas coisas. A esposa ouviu as malas sendo arrastadas do sótão, o balançar dos cabides, os dentes do zíper, as correias das fivelas de couro. O Sr. Mitchell disse que estava indo embora e sua esposa sentiu um aperto na garganta. Ela queria perguntar para onde ele ia, perguntar o que ela fizera para merecer aquilo. Queria

Verdadeiros animais

perguntar por que ele não a amava mais, mas, em vez disso, perguntou pelo filho.

Ela vira Miguel estender o capacho rasgado ao detetive e, enquanto isso acontecia, sentiu uma dor no fundo da boca como se não comesse há dias. O tenente Sales revirou o LAR, DOCE LAR com as mãos. Colocou-o cuidadosamente sobre a mesa da cozinha e a Sra. Mitchell viu a palavra *Doce*. Ela lembrou do leite que tinha feito para o menino quando ele chegou e sentiu que esse não seria o fim dela. Pôde ouvir a respiração constante do cão adormecido. Pôde sentir o cheiro do café. Pôde sentir a compleição pequena de Miguel parada sob sua mão. Esses ossos, pensou ela, eram tudo.

– Ei, amigo – perguntou a Sra. Mitchell –, isso é para mim?

– O menino concordou e ela apertou o tapete contra si.

Condições razoáveis

Tudo começou com uma lista de exigências, apresentada ao encarregado do zoológico. Levou algum tempo para ser preparada. As girafas tiveram de explicar sua situação a um dos gorilas-da-montanha da jaula vizinha e, depois de negociações intensas (uma porcentagem da comida a ser fornecida em três partes: um terço sob trasladação, um terço sob contrato com o professor de linguagem de sinais dos gorilas e o último terço sob recibo do documento), as girafas tentaram fazer a lista. Em um gesto adequadamente dramático, a porta-voz eleita, Doë, aproximou-se da cerca de arame da jaula enquanto o encarregado estava guiando um grupo de potenciais patronos do zoológico e graciosamente esticou o pescoço sobre a borda da cerca, colocando com os dentes, delicada, o papel sobre a cabeça careca do encarregado.

Em princípio, o encarregado tentou menosprezar o incidente considerando-o uma brincadeira de um de seus animais favoritos. Mas, quando percebeu o que dizia o documento, as orelhas dele ficaram vermelhas e um rubor acercou-se do pescoço como uma erupção. Em caracteres firmes e nítidos que a professora de linguagem de sinais, uma mulher contrariada em meados de seus trinta anos, achou adequados para a ocasião, a carta fazia a seguinte declaração:

Hannah Tinti

PREZADO ENCARREGADO DO ZOOLÓGICO:

SENDO UMA DAS MAIORES ATRAÇÕES DO ZOOLÓGICO (RESPONSÁVEL POR OITO POR CENTO DA RENDA BRUTA ANUALMENTE), BEM COMO OCUPANDO O PRIMEIRO LUGAR DA LISTA DOS DEZ ANIMAIS FAVORITOS POR TRÊS ANOS CONSECUTIVOS, NÓS, ABAIXO ASSINADOS, RECORREMOS À LISTA DE EXIGÊNCIAS EM ANEXO EM RESPOSTA À INAÇÃO DE SUA PARTE EM NEGOCIAÇÕES ANTERIORES, OU SEJA: AMPLIAÇÃO DO CERCADO, ALTERAÇÕES NA DIETA E VIOLAÇÃO DO CÓDIGO E DA LEI 76.865 DE PRIVACIDADE. SE NOSSAS EXIGÊNCIAS CONTINUAREM A SER IGNORADAS POR SEU ESCRITÓRIO, SEREMOS OBRIGADOS A TOMAR AS PROVIDÊNCIAS NECESSÁRIAS PARA GARANTIR NOSSOS DIREITOS, DECLARADOS EM CONTRATO PRELIMINAR.

ATENCIOSAMENTE,
DOË
LULU
FRANCESCO

EXIGÊNCIAS

1. **ACÁCIAS EM EXCESSO:** EMBORA SEJAMOS AMERICANOS IMPORTADOS, TAMBÉM GOSTARÍAMOS DE SABOREAR A MISTURA DE CULTURAS. QUE TAL UM POUCO DE GLICÍNIA? BAMBU? COMBRETÁCEAS? OU FOLHAS DE BORDO? DEIXEM QUE TENHAMOS UM POUCO DE CACTO.

2. **UM CERCADO MAIOR:** O VERTICAL DEVE CORRESPONDER AO HORIZONTAL. OS OCAPIS ESTÃO DISTRIBUÍDOS EM 90 METROS QUADRADOS A MAIS QUE NÓS, COMO OBSERVAMOS EM QUEIXAS ANTERIORES. PRIVILÉGIOS INDEVIDOS TÊM CONSISTENTEMENTE SIDO DADOS AOS OCAPIS POR TEREM VIRADO MODA NAS

Verdadeiros animais

ÚLTIMAS FÉRIAS, TODOS OS QUAIS RELATADOS E DISCRIMINADOS EM ADENDO A ESTE DOCUMENTO.

3. **PRIVACIDADE:** DEVIDO ÀS ÓBVIAS CARACTERÍSTICAS FÍSICAS, OS MOMENTOS DE PRIVACIDADE ESTÃO SUJEITOS A SUPERVISÃO CONSTANTE. UMA SEÇÃO DE ÁRVORES ALTAS (COM OITO METROS OU MAIS) PLANTADAS NO QUADRANTE TRASEIRO DE NOSSA JAULA PROPORCIONARIA ALÍVIO; UM RECANTO SOLITÁRIO SÓ NOSSO.

4. **QUALIDADE DE VIDA:** VIVEMOS EM UM MUNDO DETERMINADO POR NOSSAS FRONTEIRAS, MAS NOSSOS DONS NATURAIS NOS DÃO A CAPACIDADE DE VER AS COISAS MELHORES ALÉM DESTAS LINHAS. SISTEMAS DE IRRIGAÇÃO AUTOMATIZADOS. LOJAS DE CONVENIÊNCIA 24 HORAS. A FOLHAGEM ABUNDANTE E SUCULENTA DO JARDIM BOTÂNICO DE NEWLAND (LOCALIZADO 30 QUILÔMETROS AO SUL DE NOSSA JAULA). TODAS ESSAS COISAS NOS FAZEM DESEJAR UMA EXPERIÊNCIA MAIS RICA. UM AMANHÃ MELHOR. UMA EXPANSÃO DE NOSSA EXISTÊNCIA. A POSSIBILIDADE DE UM SORVETE.

P.S.: CUIDADO. DEVIDO A NOSSO FRÁGIL SISTEMA CARDIOVASCULAR, É PERIGOSO NOS DEIXAR EXCITADAS.

O encarregado não ficou maravilhado com essa revelação. Na verdade, ficou muito irritado. Há muito que as girafas eram consideradas animais confiáveis. Elas faziam parte do zoológico desde que ele começou como varredor de esterco, durante o ensino médio. Ele tinha outras coisas com que se preocupar – um boi almiscarado doente, a exposição de sapos arborícolas da América do Sul e a Disney. Ele dobrou a lista de exigências, enfiou-a no bolso da frente e guiou um grupo de doadores até a jaula dos emus.

Essa não foi a reação prevista pelas girafas. Haviam se passado dois anos desde aquela manhã em que, durante um café da manhã de folhas de acácia, Doë se virou para Francesco e disse que acreditava que a vida deles não era o que podia ser. As girafas passaram o ano e meio seguinte debatendo os prós e contras de declarar sua insatisfação. A execução do documento levou quatro meses. O pagamento aos gorilas foi alto – seu tempo de resposta, extenuante. A oportunidade de apresentar o documento ao diretor do zoológico representara uma espera de treze meses. Eles tinham de ter paciência e a aparente desconsideração do encarregado por seus desejos e sentimentos e o desprezo pela ameaça (que Lulu insistiu que incluíssem para que fossem levados a sério, como disse ela, para "capturar a disposição deles") foram sentidos profundamente.

Depois de um almoço com os patrocinadores perto da jaula do leão, o encarregado voltou ao escritório. Pegou no bolso a lista de exigências das girafas e a abriu sobre a mesa, alisando-a com os dedos. Ele sabia que as palavras do documento se espalhariam para os outros animais e reconheceu a possibilidade de uma rebelião.

Freqüentemente o encarregado comparava a administração do zoológico com o casamento com sua esposa, Matilda. Ela era uma mulher grandalhona e irritadiça que conhecera em uma viagem pela Romênia. Em geral ele tinha medo dela. Mas também era fascinado por seu mau humor e a espessura do ponto onde suas pernas encontravam o começo do traseiro. Bem no início do casamento, ele descobriu que o tom de autoridade acalmava Matilda. Depois de ladrar uma resposta abrupta, ele podia ver os ombros dela caírem e recuarem. Ele prosseguiria com gentileza (coisas doces em que ele gostaria de sufocá-la) e descobriu que ela só aceitava seu amor nesses momentos. Ele tentou imaginar o que faria se Matilda lhe desse uma lista de exigências. Ele a rasgaria na cara dela. Tentaria fazê-la ver que estava irritado. Gritaria obscenidades, agitaria o punho, depois

Verdadeiros animais

secretamente se certificaria de que tudo que ela desejasse fosse realizado.

O encarregado decidiu que a melhor atitude seria rejeitar publicamente as exigências das girafas. Talvez até fazer uma primeira demonstração de punição, para que os outros animais percebessem o que lhes custaria desafiá-lo. Ele não podia admitir nenhuma lista escrita como aquela. O que, por exemplo, exigiriam os hipopótamos? Ou os fascolomos? Depois que a situação passasse, em alguns meses, talvez um ano, ele poderia então começar a implementar algumas das custosas modificações, fazendo com que os animais acreditassem que o gesto era fruto de sua boa vontade e com que os patrocinadores acreditassem que ele tinha ímpeto para a mudança. O encarregado sorriu para si mesmo e abriu a gaveta do arquivo na letra apropriada. Enquanto dedilhava o G, sua secretária o chamou pelo interfone. Disse-lhe que um tratador histérico estava na linha e que todas as girafas estavam mortas.

As girafas tinham concluído que a maneira mais segura de ter uma resposta às exigências era sabotar o uso que o zoológico fazia delas. Um falso suicídio coletivo atrairia maior atenção para a causa. Francesco, Lulu e Doë se esticaram no chão, ergueram as pernas no ar, assumiram um olhar vago, giraram os pescoços em ângulos complicados e deixaram a língua longa e escura tombar pela lateral da boca.

Não demorou muito para que as crianças começassem a chorar. Pais, professores e babás apavorados correram para a saída, temendo marcar seus inocentes pupilos com outras cenas de cadáveres de animais e murmuravam: "Isso nunca teria acontecido na Disney."

O encarregado correu para a cena com o carrinho de golfe.
— O que é isso? – disse ele. – O que está acontecendo aqui?
— Uma turma de zoólogos, tratadores e adultos que naquele dia visitava o zoológico sem os filhos comprimia-se contra a grade de segurança que cercava a cerca, que cercava a jaula, que cercava os corpos das girafas.

— Elas estão vivas — disse um dos zoólogos. — Posso vê-las respirando.
— Vamos abrir a mangueira em cima delas — disse o tratador que tinha chamado o encarregado. Não estava mais histérico.
— Pode ser que estejam doentes — disse o zoólogo — ou deprimidas. Devíamos trazer um psiquiatra.
— Sou psiquiatra — disse um dos adultos sem filhos. — E é evidente que essas girafas sofreram maus-tratos. Vou entrar em contato com a Sociedade Protetora dos Animais e pedir que eles as retirem desse ambiente imediatamente.
O encarregado fechou os olhos. Pensou em Matilda. Tentou imaginar o que faria se chegasse em casa e a encontrasse se fingindo de morta. Imaginou o corpo enorme estendido no chão da cozinha, as pernas torcidas sob o corpo e um olho aberto, avaliando a reação dele. Como ficaria furioso! Como ousa fingir se retirar da vida dele! Pela primeira vez em sua vida ele sentiu pura raiva sem se deixar levar pelo medo ou por ansiedade. Estava prestes a dizer ao tratador para fulminar as girafas com a mangueira quando um dos zoólogos se moveu um pouco e ele o viu entrar no cercado.

Lulu e Doë estavam deitadas de lado, os pescoços inclinados para a frente de forma que as cabeças pousavam nos cascos. As línguas das duas pendiam na terra e, de tempos em tempos, o rabo de Lulu parecia se retorcer. Francesco estava equilibrado sobre as costas — o pescoço reto — as duas pernas dianteiras dobradas no peito e as traseiras fixas dois metros e meio no ar em uma formação em "V". Francesco tinha a cabeça virada para os espectadores atrás da cerca e sua mandíbula inferior se retorcia no que ele achava ser uma representação precisa dos estertores da morte.

Os corpos das girafas estendiam-se pela jaula. Pareciam ocupar cada centímetro de terra. Eram enormes, pré-históricos. O encarregado olhou para os animais prostrados no chão e se lembrou dos conceitos pré-darwinistas de evolução — de que o tamanho do pescoço das girafas era determinado pelo quanto

Verdadeiros animais

elas precisavam se esticar para obter o que queriam. Ele se perguntou se havia esse tipo de desespero dentro de Matilda. Em sua mente, ele a pegava do assoalho da cozinha e a deitava ao lado das girafas. Enquanto imaginava Matilda no chão diante dele, sua morte fingida tornou-se terrivelmente real. Ele sentiu uma dor aguda no braço esquerdo, espalhando-se pelo ombro e atravessando o peito. Os olhos se encheram de lágrimas. Ele tombou do carrinho de golfe, espalhando-se por um trecho de gramado.

Repórteres chegaram à cena. Tinham recebido dezenas de telefonemas relacionados com o colapso do entretenimento familiar. Tiraram fotos do encarregado suspirando na grama. Fotografaram o zoólogo e o tratador lutando com a mangueira. Fotografaram o rosto do psiquiatra com uma expressão que parecia severa. Depois, fotografaram as girafas.

Os repórteres correram do zoológico para produzir o jornal vespertino com as manchetes:

GIRAFAS FINGEM-SE DE MORTAS. ENCARREGADO ATORMENTADO POR CRIMES CONTRA A NATUREZA. PSIQUIATRA FALA DE SUICÍDIO EM MASSA DE ANIMAIS. SERÁ CULPA DA MANGUEIRA?

Do quarto no hospital Saint Sebastian's, o encarregado telefona para os patrocinadores. Ele sofreu um ataque cardíaco brando. Minúsculos eletrodos de metal partem de um monitor e se prendem aos pêlos do peito. A esposa, Matilda, está ao lado dele. Ele fica nervoso quando ela não está presente. Ela sabe disso e, quando ele dorme, dobra um canto da saia com a mão.

Matilda segura o receptor do telefone na boca do encarregado enquanto ele lê a lista de exigências. Na outra ponta da linha, silêncio. Os patrocinadores não estão satisfeitos. A publicidade negativa já afetou a venda de ingressos do zoológico. Os cidadãos, insultados com as fotos das girafas "mortas", estão organizando um boicote. Falam de escrúpulos e há boa-

tos de investigações. Os patronos estão irritados com as girafas por os terem colocado nessa situação. Dizem ao encarregado para não revelar as exigências ao público. O que precisamos é controlar os danos.
Lá em sua jaula, no terceiro dia de protesto, Doë, Lulu e Francesco discutem a pendência. Francesco está perdendo a esperança. O zoológico instalou cercas portáteis na frente da jaula das girafas para manter os manifestantes escondidos. Francesco se entristece porque o público não pode mais ver seu desempenho. Ele sente falta da vista. Está cansado das formigas que rastejam até o focinho e anseia por se colocar de pé.
Doë não está aborrecida por estar tão perto do chão. Agora, mais do que nunca, ela se sente parte da natureza das coisas. Tem confiança de que as exigências serão ouvidas e atendidas. Ela acredita que todos devem ser pacientes.
Lulu nada diz. Ela pode sentir seu coração batendo. Imagina o sangue fluindo pelo corpo horizontalmente. "Que engraçado isso deve ser", pensa ela. "Como não ter dificuldade nenhuma de se mover para onde se quer ir." Quando o dia termina e o zoológico fecha, ela hesita no último momento antes de erguer-se sobre os pés.
Os patronos dão uma coletiva. Somos pessoas felizes, dizem eles. Queremos que nossos animais sejam felizes também. Eles anunciam sua decisão de contratar o psiquiatra, que, em seguida, suspende o processo que abrira contra o zoológico, em nome das girafas, na Sociedade Protetora dos Animais. O psiquiatra passa vários dias na jaula, sentado em uma cadeira, cofiando o bigode e tomando notas em um bloco amarelo. Informa aos patrocinadores que as girafas precisam de estímulo e faz um apelo apaixonado por diversão. Os patronos contratam a Sociedade de Artistas da Noite e compilam uma lista rotativa de mágicos, imitadores e números de cabaré.
As cercas portáteis na frente da jaula das girafas são retiradas e substituídas por trailers, refletores de palco e amplificadores. Bancos são instalados para que os visitantes do zoológico desfrutem do espetáculo. A primeira apresentação combina imitadores

Verdadeiros animais

de Judy Garland, o malabarista Marconi e uma peça de teatro de revista de Gilbert e Sullivan. Café, rosquinhas e ingressos gratuitos são providenciados para todos os repórteres dos jornais. As manchetes começam a mudar.

Francesco está satisfeito. Sua situação, sente ele, finalmente atrai a atenção que merece. Ele acha os artistas maravilhosos e desenvolve um gosto por lantejoulas.

Doë está aborrecida. Toda aquela comoção está rompendo sua comunhão com a natureza. Ela estranha aquela mistura de protesto e cabaré. "Por que não nos dão árvores?", pensa ela. "E nossa glicínia?"

Lulu continua calma. Esse ritual diário na horizontal começou a mudá-la. Às vezes, resvala em um estado onírico, tem visões e fala com Deus. Tudo começa com um lampejo de luz azul. O corpo dela começa a tremer. Ela tem a sensação de levitar, sente seu corpo subir e flutuar, e, de repente, se vê fora do zoológico, atravessando a cidade, entre prédios, sobre o trânsito, espiando pelas janelas dos apartamentos. Ela vê as pessoas preparando o jantar, assistindo à televisão, falando ao telefone. Vê um homem cantando ópera no chuveiro. O som alto, com eco, parece atravessar o ar diretamente para os ouvidos da girafa. Quando cai em si, Lulu está de volta ao chão, na terra, e está muito espantada com o que viu. Ela faz várias tentativas de convencer os outros, mas eles se recusam a acreditar nela. Doë se preocupa que Lulu possa estar perdendo o juízo e Francesco se pergunta se o tratador não começou a colocar drogas na comida.

Na segunda semana de protesto, as rosquinhas tinham ficado velhas e os repórteres não viam a hora de tudo aquilo terminar. O interesse do público por girafas suicidas minguava. A história das girafas estava deixando a primeira página da seção "Cidade" e ganhando uma pequena coluna em "Viver". A Sociedade de Artistas da Noite tinha cumprido seu contrato e fazia as malas. Os repórteres limparam o açúcar de confeiteiro dos dedos e começaram a procurar por novas missões.

Com pronta inteligência e habilidade, os patrocinadores evitaram um desastre de relações públicas. Agora, decidiram que era hora de uma solução rápida e certeira para a crise. Discretamente, inquiriram sobre como conseguir novas girafas. Foram dados telefonemas, preços foram barganhados. Eles obtiveram três novas girafas de um zoológico da Califórnia em troca de dois javalis africanos, um esquilo-voador e uma quantia levantada com a venda de Doë, Lulu e Francesco a um circo itinerante que não fazia perguntas.

Os patrocinadores mandaram um telegrama ao encarregado no hospital, informando-lhe de que um milagre iria acontecer. Pela manhã, quando o zoológico abrir, haverá três girafas saudáveis, razoáveis e um tanto desorientadas andando suavemente por seu novo ambiente sobre doze cascos pequenos e perfeitos.

Lulu teve outra visão. Flutuando pela cidade, ela passa pelo Saint Sebastian's. Olha pela janela do encarregado e percebe que ele está em um leito hospitalar, amparado, dormindo e cheio de eletrodos. Ela pode ver Matilda ao lado do leito, tricotando, a saia repuxada do lado, com uma das pontas presa na mão do encarregado. Matilda tem um lenço amarrado na cabeça e os olhos dela estão fixos nas agulhas que trabalham sem parar. A janela é aberta num estalo e Lulu se aproxima, pairando. Bate o focinho na janela e nuvens de hálito se formam na vidraça.

Dentro do quarto de hospital do encarregado, as agulhas clicam e o monitor cardíaco bipa. O encarregado está sonhando naquele momento – o som se transforma num trem se movendo por trilhos. "Clique, clique, bip." "Clique, clique, bip." Lulu acompanha esse ritmo no sonho do encarregado e descobre o vagão de carga de um circo itinerante. Lá dentro, encontra Matilda, enroscada em uma pilha de palha. Não há ar, nem água, no vagão de carga. Matilda está pressionado a boca contra uma rachadura na madeira. Está tentando respirar. Os lábios dela estão cheios de lascas. Lulu tem medo. Sente as mãos do encar-

Verdadeiros animais

regado enfraquecerem e vê como a saia de Matilda desliza dos dedos dele.

O encarregado acorda. Estende a mão e arranca os eletrodos do peito, atira as cobertas para fora de seu leito de hospital e diz:
– Preciso fazer alguma coisa – as pernas dele estão brancas e finas. Ele se apóia em Matilda para se firmar enquanto sai da cama.

Lulu respira fundo. Vê Matilda ajudar o encarregado a abotoar o pijama. "Há alguma coisa mais aqui", pensa ela. Uma parte do sonho está se demorando. Ela tenta captar o aroma dele, inalando e exalando, procurando pelo quarto de hospital. De repente, reconhece o cheiro – é da substância usada nos dardos tranqüilizantes que a trouxeram da África. Parece estar perto dela e Lulu se sente deslizar para longe do encarregado e de Matilda. Ela se lembra da explosão, a pontada das agulhas e de como o peso de seu corpo a atirou no chão.

Lulu abre os olhos. Está de novo no zoológico, no chão da jaula. Na escuridão, ela pressente movimento. Uma multidão de figuras está escalando a grade de segurança. Lulu sente que sua língua comprida está seca e estranha – ela não pode fazer com que produza um som. Ela vira a cabeça e vê Francesco e Doë começarem a correr. Há uma chuva de estampidos, Lulu vê o clarão dos dardos e as duas girafas tombam como árvores.

Um grande caminhão encosta de ré na jaula. A porta traseira está aberta e uma rampa desliza para fora. Lulu vê o tratador do zoológico começar a preparar seus amigos para o carregamento. Tenta ficar de pé. Ergue a cabeça e começa a se sentir tonta. Suas pernas tremem. Ela não se lembra mais de como fazer com que a levem para longe.

Aparece um carro de golfe. Nele está o encarregado, ainda vestindo o pijama do hospital. Matilda dirige. Bufando atrás dele, em uma corrida desigual, estão vários repórteres gorduchos – os últimos a abandonar as rosquinhas e o café gratuitos são os primeiros a divulgar a história do mercado ilegal de girafas. Os flashes das câmeras riscam a escuridão. Há um lampejo do corpo de Doë coberto por cordas. Um lampejo de Francesco tonto e sedado. Um flash de Lulu deitada de lado. Um flash dos zeladores correndo, seus uniformes tornam-se reflexos enevoados na distância. O encarregado anda até onde as girafas estão deitadas. Ele pode ouvi-las respirando. Agacha-se perto de Lulu e apalpa a lateral do pescoço. Os pêlos são curtos e ásperos, parecem o capacho da entrada de sua casa. Lulu abre os olhos. Reconhece o encarregado e pensa que está tendo outra visão. Lembra-se dos fios de metal conectados a seu peito e do cheiro de dardos químicos em torno dele. Lulu tenta perguntar como ele está se sentindo, mas, em vez disso, sua cabeça vira, a boca se abre e a longa língua preta se estica e bate na mão do encarregado.

Preservação

Tem uma família do outro lado do vidro. Mary ergue o pincel e acena, mas é claro que eles estão olhando para o leão, não para ela. Os dentes dos animais empalhados estão de fora, suas garras cavando uma perna de zebra de plástico, a espuma de silicone babando pelo canto da boca. A filha da família, uma garotinha ruiva, achata o nariz perto da placa do museu que diz *Desculpe por nossa presença*.

O pai pega a filha no alto e finge que vai atirá-la na toca do leão, o que incita gritos que Mary não pode ouvir, seguidos por uma animada reprimenda por parte da mãe, que está empurrando um carrinho com outra criança – um menino, supõe Mary devido aos caminhões estampados nas mangas da camiseta do pequeno. Repreendido, o pai desce a garotinha, ajeita a blusa que tinha subido pela barriga da menina. Quando a família está passando para o mostruário seguinte, ele vê Mary parada perto das árvores e franze o cenho.

Já estava há uma semana trabalhando nos dioramas dos mamíferos, depois de passar pelos anfíbios e répteis. Mary não freqüentou a escola de arte para trabalhar em um museu de história natural, mas foi o emprego que conseguiu. O negócio começou com alguns murais para restaurantes do bairro. Eram principalmente cenas da natureza – montanhas, rios e imagens subaquáticas que mostravam os animais que o clientes iriam comer no jantar. Um homem chamado Harry Turner comeu certa vez num desses restaurantes, gostou do mural e a contratou para pintar sereias de peitos grandes no teto de sua banheira.

"Quero os mamilos rosados", disse ele. A banheira era do tamanho de uma piscina rasa. Mary ficou de pé na escada, fechou os olhos e encontrou a cor do modo como seu pai a havia ensinado. Ela imaginou a maciez do lado inferior das pétalas, a suavidade entre as camadas. Harry Turner ficou tão feliz com os peitos que deu alguns telefonemas, recomendando-a aos amigos, sócios e membros do conselho.

O trabalho no museu de história natural acontece principalmente no final das tardes e à noite, quando os grupos escolares e turistas saem dos corredores de mármore e começam a pensar no jantar. Mary chega às cinco horas, depois que a enfermeira que cuida do pai assume o turno da noite, e se reporta ao Dr. Fisher, que está supervisionando a reforma.

Juntos, eles andam pela exposição. Deviam estar verificando o progresso que ela fizera, mas o Dr. Fisher quer conversar sobre o pai de Mary.

– Escrevi um artigo sobre seu pai na faculdade – diz ele. – Ele realmente usa pincéis feitos com o próprio cabelo?

Mary sorri, mas não responde. Essa era sua resposta habitual aos comentários sobre seu pai. Mais cedo ou mais tarde, o interlocutor entende a dica e pára de falar. O Dr. Fisher não. Ele é baixo e, como que para compensar, muito musculoso. As mangas de seu casaco se apertam confortavelmente em torno dos bíceps. Mary paira acima dele, uma gigante.

Ele lembra um professor de química que ela teve no ensino médio que se descobriu, perto do final do ano, ter levado uma vida dupla como fisioculturista profissional. Era um homem muito tranqüilo, de aparência simplória e, quando um colega de turma lhe mostrou uma foto dele em um espetáculo, untado, curvando-se em uma correia de couro, Mary fechou os olhos, terrivelmente constrangida por ele.

No meio do corredor fica um grande urso negro, colocado em um pedestal do lado de fora dos dioramas. O animal está sobre quatro patas, a cabeça erguida como se alguma coisa atraísse sua atenção, o traseiro redondo e grande o bastante para

Verdadeiros animais

permitir a entrada de uma pessoa. O Dr. Fisher coloca a mão no pescoço do animal.

– Não consigo imaginar o que isso tem a ver com o urso – diz ele. – Deve parecer tão idiota, por comparação, repintar o cenário de outra pessoa!

– Você não contratou meu pai – disse Mary.

A verdade é que trabalhar nos dioramas era estimulante. Quando começou a limpar com uma esponja os anos de sujeira e encardido da paisagem que Michael Everett tinha pintado 75 anos antes, Mary começou a suar. Não era a luz e não era a falta de ar dentro da cabine de vidro. Não era nem mesmo a proximidade dos animais empalhados, empurrados para o lado para que ela pudesse ter acesso à parede. O calor parecia vir do próprio desenho, da terra e das árvores do Serengeti. Mary terminou de limpar um campo de relva e encostou a bochecha na parede. Estava quente.

Há pouca informação sobre Michael Everett no pacote de orientação fornecido pelo Dr. Fisher. As fotografias são borradas e o texto obscuro, mas é possível discernir que Everett esteve doente pela maior parte de sua vida. Seu corpo é magro e emaciado. Há sombras sob os olhos e, em um dos retratos, ele faz uma nítida careta, como se o flash da câmera lhe causasse dor.

Naquela noite Mary leu a história do museu em um livro que pegou na biblioteca. Everett era amigo da família Roach, que lhe deu o financiamento original e o terreno, bem como sua coleção particular de troféus de caça. Há um instantâneo dele vestindo safári junto com todo o clã. Ele está inclinado sobre o ombro do filho mais novo. Ela mostrou o retrato para o pai, segurando-o diante dele.

– Você sabe quem é ele, pai? – perguntou ela.

O pai sacudiu a cabeça. Fez um barulho de estalo com os lábios que significa que está com problemas.

– Está com dor?

Ele concorda. Mary pega outra das agulhas preparadas por Mercedes, a enfermeira do asilo, e levanta o camisolão do pai.

Hannah Tinti

Com um resmungo, ele se vira e a filha crava a seringa na pequena nádega branca e achatada. As pinturas do pai estão no Whitney e no Museu de Arte Moderna. Grandes telas de azuis e verdes abstratos, que enchem o espectador de emoção. Dois livros foram escritos sobre a vida dele. Ele lhe ensinou como misturar as cores, como criar perspectiva e como viver sem a mãe. Agora, ele usa um camisolão e vive de injeções.

Alguns minutos depois, o pai está pronto para conversar. Ele dorme a maior parte do dia, mas, ao entardecer, precisa de distração.

– Que tipo de artista ele era? – pergunta o pai.
– Paisagens – diz Mary.
– Deixe-me ver o retrato novamente – diz ele. – Ah, sim. Ouvi falar dele – o pai aponta para o filho mais novo de Roach.
– Eles eram amantes.
– Como você sabe disso?
– Roach comprou umas telas minhas. Tomou umas liberdades comigo uma vez. Depois, disse que Everett era o amor de sua vida.

Mary olhou novamente a foto. Ela imagina Roach no ateliê do pai na sobreloja de uma fábrica de macarrão chinês. Noite e dia o som de máquinas zumbindo sob o chão. O piso se erguia como vapor por um duto de ventilação. Ela não tinha permissão para entrar ali, a não ser que ele a convidasse.

Uma vez, ela foi ao ateliê depois de se destrancar de casa e o encontrou dormindo em sua cama de lona com os braços em torno de outro homem. O homem era novo, uns vinte anos, com um peito tão macio e sem pêlos quanto o de um adolescente. Deitados tão quietos lado a lado, parecia que seus corpos tinham sido arrumados para uma composição, do jeito como um artista disporia uma tigela de frutas. Mary recuou devagar, o coração aos pulos, e o homem abriu os olhos. Ela não devia estar ali e o homem na cama parecia saber disso, observando-a preguiçosamente. O pai mudou de posição, ainda dormindo. O

Verdadeiros animais

homem não se mexeu. Mary olhou para ele por mais um momento e depois fechou a porta. O pai nunca levava os amantes para casa. Nunca a apresentou a nenhum deles. Depois que adoeceu, parecia ter esquecido que eles nunca discutiram o assunto.

– Olhe – o pai apontou para a própria perna. A pele era tão fina quanto papel de arroz. Os capilares se espalhavam em linhas escuras e tênues, cruzando-se como laços. As veias eram grossas e azuis. – Andei pensando em doar meu corpo à ciência.

– Não fale nisso, por favor, pai.

– Por que não?

– Porque eu não quero pensar em você numa mesa de dissecação.

– Quero ser útil – disse ele. – Estou enjoado de não fazer nada.

Mary não respondeu. Estava cuidando do pai dessa forma há um ano. Morando no quarto que ela deixou quando tinha dezoito anos. As visitas vinham enquanto ela estava trabalhando. Marchands e amigos do pai que, quando ela estava fazendo a escola de artes, recusaram representar seu trabalho. Na época, o pai ficou furioso. Ele queria que a filha estudasse na Itália por um ano, mas Mary sabia, mesmo naquela época, que nunca quis ser artista. Pelo menos, não uma artista como ele.

– Como está a Mercedes? – a enfermeira é seu tema de conversa de reserva.

– Ela fala com os amigos em espanhol pelo telefone. Como se eu não entendesse – Mercedes é a única enfermeira na área que pode cumprir o horário. Ela é competente, desembaraçada e sempre pontual, mas nenhum dos dois gosta dela. O pai acredita que ela é ignorante e Mary se aborrece com o modo como Mercedes o pega, como se ele fosse uma cadeira ou um abajur.

– Você não fala espanhol.

– Mas podia – ele olha para ela desconfiado o bastante para fazer com que ela pense que talvez ele saiba falar espanhol. Apenas mais uma coisa que ele esconde dela.

Hannah Tinti

★

Em um rebanho de gnus no diorama da migração, ela pode ver onde as juntas dos animais estão ficando frouxas. As costuras começam a aparecer. Os narizes estão quebrados; os chifres, perigosamente inclinados. Há nove deles no cercado de vidro com ela. Pintados na parede, em vários tamanhos e graus de perspectiva, há talvez mais quinhentos.

Um grupo de adolescentes pára para examinar a vitrine. Têm no máximo treze anos – com os braços e pernas que estão crescendo rápido demais para que sejam fortes. Um dos meninos aponta para ela, todos eles se viram e Mary dá um sorriso meio amarelo. Os olhos passeiam pelo corpo dela. Um menino com cabelos cor de areia começa a puxar o cinto. Os outros olham para os dois lados e depois o Cor-de-areia baixa as calças e mostra o traseiro para ela.

O vislumbre é rápido, mas no momento em que ele gruda as nádegas no vidro, ela pode ver a pele sem saúde – os inchaços vermelhos de pele se espalhando entre o tórax e a bacia. Depois, o grupo se dispersa rapidamente. Ela pode ouvir os ecos dos gritos pelo corredor.

Ela fala dos garotos ao Dr. Fisher. Ele está de pé sobre um banco, tentando alcançar um livro na prateleira de cima, quando ela entra na sala. Ele pula para baixo e Mary pode ver que ele não está satisfeito por ser incomodado.

– Como eles puderam se exibir sem que um professor percebesse?

– Eu não vi professor nenhum.

– Talvez seja imaginação sua.

Mary pensa em suas mãos em volta do pescoço do Dr. Fisher, mas depois resolve esquecer o assunto. Ela precisa do emprego. As despesas médicas com seu pai drenaram suas economias. Ao andar pelo corredor, esbarra no urso negro por trás. Ela se arrasta para o diorama da migração, pega um pincel e

Verdadeiros animais

pinta uma caricatura minúscula do Dr. Fisher, bem no canto, sendo chutado por um dos gnus.

Quando termina, ela se vira para a sugestão de manchas na seção superior da pintura, onde são retratados os animais mais distantes. Até a esses pontos Everett deu um certo caráter pessoal. Um dos gnus se inclina para a esquerda, como se lançasse a cabeça. Outro ergue a perna em um gesto decididamente relutante. Ele usou, na maior parte da pintura, uma miríade de tons de cinza, com um toque aqui e ali de uma sombra escurecedora de preto. Mary chupa a ponta do pincel antes de mergulhá-lo na tinta. Ela segue os contornos com exatidão. Enquanto progride, sente uma poeira se reunindo no fundo da garganta. Fica tão absorta que não percebe as luzes do corredor se apagando. Há uma batida súbita no vidro e ela pula, quase caindo da escada. Quando se vira, vê o Dr. Fisher limpando as duas manchas ovais deixadas pelo adolescente com o lado de dentro da manga da camisa.

Ele sorri, se desculpando. Talvez ele seja dez anos mais velho que ela. Não é tão velho assim. Ele aponta o relógio e Mary assente. Ela sinaliza que levará alguns minutos para juntar suas coisas e ele indica que esperará na porta da frente. Eles desenvolveram essa rotina nas últimas semanas. Um jogo noturno de charadas.

Mary lava rapidamente seus pincéis em terebintina, guarda as tintas e se arrasta por trás de um afloramento de rochas pela minúscula porta que leva à sala dos fundos. Ao sair para o corredor, pára por um momento para examinar seu trabalho. Metade da parede está concluída. Os gnus esmaecem enquanto se tornam maiores e mais próximos dos líderes da manada. A pintura lhe recorda uma tela de seu pai, um projeto que ele começou quando a doença foi diagnosticada. Ela estava fora, na escola de arte, e foi um choque chegar em casa e encontrá-lo na cama e a tela na sala de estar, uma imagem afunilando-se, diferente de qualquer coisa que ele fizera antes, desaparecendo ao se tornar maior, uma explosão invertida.

Hannah Tinti

A bolsa de tintas é pesada. Corta o ombro de Mary enquanto ela anda, seus passos estalando no mármore. A única luz vem de dentro dos dioramas, mas é suficiente para que ela encontre a saída. Quando vira uma esquina, olha de relance para o pequeno corredor dos mamíferos e vê alguma coisa grande agachada no fundo, no escuro. Quando ela pára, a coisa hesita por um instante, depois se move para as sombras da sala dos répteis. Mary sente um jato de medo subir por trás de suas pernas e chegar à ponta dos dedos. Ela agarra a bolsa, acelera o passo e prende a respiração até atravessar a porta. Do outro lado, o Dr. Fisher está esperando, com uma pasta nas mãos e o casaco esticado em seus ombros pequenos e volumosos.

– Tem alguma coisa aqui – diz Mary. – Talvez um cachorro, mas era grande demais – ela larga a bolsa no chão e depois faz uma coisa que nunca pensou que faria. Pega o Dr. Fisher pelo braço com as duas mãos e se agarra a ele.

– Tem certeza?

– Tenho.

O Dr. Fisher anda até a porta e Mary se arrasta perto dele, com o medo ainda nas pernas. Está suando. Ele abre a porta com um estalo. Enfia a cabeça para dentro.

– Olá!

– Ele não vai responder – sussurra ela.

– Acenda as luzes – agora ele está mandando nela. Mary solta o braço dele e estica a mão pela parede por trás dos dois, ligando os interruptores. Um. Dois. Três. As lâmpadas do teto brilham.

– Onde ele estava?

– Ali – ela aponta para o corredor e é para lá que vai o Dr. Fisher, segurando a pasta diante do corpo como se fosse um escudo. Mary o vê entrar com cuidado na sala dos répteis. Ela agarra a maçaneta da porta, mantendo-a aberta só o suficiente, pensa ela, olhando para ele, avaliando, para que o Dr. Fisher deslize para fora se tiver de fugir. Mary ouve passos e dá uma olhada. A pasta está a seu lado.

Verdadeiros animais

— Não tem nada lá.
— Mas eu tenho certeza — ela começa a dizer. Mary ainda está assustada, mas desce o corredor com cuidado até a sala dos répteis. Em uma mesa, sob uma placa de vidro grossa, há quatro pilhas diferentes de ovos. Perto delas, uma placa que foi colocada recentemente para tornar o museu mais interativo. *Pode adivinhar quem sairá desses ovos?* Quando um botão é pressionado, o outro lado do vidro se acende e aparece um grupinho preservado de bebês crocodilos, cobras, tartarugas e lagartos, cercados pelos pedaços da casca dos ovos. Mary põe as mãos nos joelhos e olha embaixo da mesa. Vasculha os cantos, a cobra-rei, a montagem de um crocodilo engolindo uma cabra. Quando sai, o Dr. Fisher tranca a porta atrás dela. Ele pega em seu pulso. Por um momento, Mary fica apavorada com a possibilidade de ele beijá-la. Depois, percebe que ele está tomando sua pulsação. Ele olha o relógio, os lábios movem-se um pouco com a contagem. Ela se sente nauseada e estranhamente decepcionada.

Quando Mary chega em casa, o pai está esperando com os óculos no rosto. Há revistas e livros espalhados pela cama. Exceto pelo corpo emaciado, ele parece o tipo de pai que ela queria quando adolescente, o tipo que vê televisão, que dá conselhos, fica em casa a noite inteira e se preocupa com a virgindade da filha.
Quando ela estava no ensino médio, o pai desaparecia. Trancava-se na fábrica de macarrão chinês por dias, às vezes semanas, deixando para ela um talão de cheques e um pequeno envelope com dinheiro para pagar as contas. Mary pedia pizza todas as noites e via televisão, odiando-o, depois dormia com a faca sob o travesseiro porque tinha medo de ficar sozinha. Por fim, o pai aparecia e a levava de carro à fábrica para mostrar o que tinha feito. Ele sempre fazia a mesma pergunta: *O que isso a faz pensar?* E Mary diria o que quer que lhe passasse pela cabeça naquele momento: uma laranja, um azulão, uma bola de beisebol. Às vezes, ela ainda estava com raiva e as imagens seriam

diferentes: uma corda, uma arma, um assassino parado à porta. Ele nunca questionava o que ela dizia. Fazia uma anotação com o lápis e depois eles iam jantar bacon com ovos e waffles com chantilly, o que quer que desejasse.

Mary acorda Mercedes, passando um cheque para ela na porta.

– Como ele está? – ela odeia ter de perguntar isso.

– Bem, bem – diz Mercedes, mas ela não encara Mary. Está ocupada dobrando o cheque em uma carteira com fecho dentro da bolsa. – Três injeções. Dois movimentos. Dei banho nele. Está limpo. – Mercedes abaixa as mangas do suéter. Ela faz isso todos os dias quando sai. Mary a vê andar pela entrada da garagem. Antes de chegar ao carro, ela se benze.

– Achei a resposta – diz o pai.

– Para o quê? – pergunta Mary.

– Meu corpo.

– Ah, pai. Hoje não.

– Ouvi sobre isso no rádio – diz ele. – O cara substitui os fluidos do corpo por plástico... borracha de silicone e resina. Você dura para sempre.

Ele pega o catálogo. Dentro estão fotografias de cadáveres, parcialmente dissecados, com poses no estilo de grandes obras de arte. Há uma Mona Lisa com uma peruca e uma manta, as pálpebras removidas, os músculos dos lábios expostos. Há um Davi de Michelangelo seccionado ao meio: de um lado ligamentos e tendões, do outro, puro osso.

– Como conseguiu isso?

– Liguei para o artista. Ele me mandou.

Mary folheia, vendo página após página. Os corpos foram completamente desconstruídos. Ela olha para as mãos do pai pousadas no lençol e pensa nelas trançando seus cabelos quando ela estava febril, pulando corda com ela, atirando pedras de amarelinha.

– Não quero ver você numa galeria de aberrações!

– Tarde demais – diz o pai. – Já assinei os documentos.

Verdadeiros animais

*

Com os mamíferos norte-americanos, Everett exercitou um conjunto diferente de pinceladas. Mary observa o primeiro com os mustangues. Há um certo tipo de cerda na pelagem deles. Ela toca as marcas na testa dos animais – borrifos do mesmo branco do rio de onde estavam bebendo. Dessa vez, no lugar de calor, ela sentiu frio. Como se houvesse acabado de enfiar a mão no rio retratado na parede. Mary começa a limpar a sujeira e percebe um cheiro. É doce, como feno úmido ao sol. Em torno das margens do rio, as linhas estão desbotadas. Há lugares onde a água infiltra. As pinceladas são fracas, como se Everett tivesse dificuldade de segurar o pincel. Mary desliza pela parede e vai à sala do Dr. Fisher na ponta dos pés. Sempre que uma cor está muito desbotada ou uma figura pequena demais para que ela a identifique, ela pode consultar as anotações e esboços originais de Everett, que são guardados na biblioteca do museu. A sala é usada somente pelos diretores e patronos. Nas prateleiras estão os diários de viagem da família Roach, bem como um grande catálogo de cada exposição e espécime.

Os cavalos são de Dakota do Norte. Mortos mais de cem anos atrás. A família Roach mantinha um em sua sala de visitas. Everett tinha um pequeno esboço colado no catálogo. Mary verifica a data e entende por que as pinceladas são diferentes. Michael Everett estava morrendo quando os fez.

Em um dos diários de viagem, Mary descobre seu obituário, recortado do jornal local. A impressão está manchada, o papel amarelado. Ele morreu de tuberculose logo depois de completar os dioramas. Os Roach estavam em Veneza na época. O manuscrito no diário descreve a Piazza San Marco como excessivamente quente. Não menciona Everett. Mary imagina que o filho mais novo dos Roach tenha recebido a notícia, dobrada em uma carta. Lamentando-se depois de seu amante já estar debaixo da terra.

Durante toda a semana o pai havia discutido com o artista que levaria seu corpo quando ele morresse. Há uma marca em *Os burgueses de Calais.* Rodin é um de seus escultores preferidos. – Quero ser o homem que tem a chave da cidade – diz ele.
 – Gosto de olhar o rosto ele – o pai o põe à prova, erguendo o queixo, ligeiramente franzido, um vinco entre as sobrancelhas, resignado, mas orgulhoso.
Mary o observa praticando no espelho. Há uma fotografia do pai, em um ângulo parecido, incluída em uma de suas biografias. Quando o livro foi publicado, Mary o usava como uma referência para se informar sobre os segredos do pai. Ela leu sobre suas primeiras tentativas na pintura, seus fracassos. Leu sobre os homens no ateliê. Leu sobre a mãe, uma alcoólatra que ele conhecera em uma festa e com quem se casara, contrariando o próprio discernimento. Leu sobre o que ele achara de tê-la segurado quando ela era bebê, logo depois de ela nascer. Como o nariz dela parecia grande. Como a pele era macia na sola dos pés.
Quando o artista telefona, Mary passa o aparelho para o pai sem falar nada. Eles riem juntos. Conversam sobre Goya e William Blake.
 – Não deixe que nenhum colecionador me compre – ela o ouve dizer. – Quero ficar num museu.
A pedido dele, ela pega os livros de arte no ateliê e os larga, com estrondo, na pilha ao lado da cama.
 – Sei que você não está satisfeita com isso – diz o pai. – Mas é o meu corpo e não o seu.
A campainha toca e Mary se vira para abrir a porta. Mercedes está no capacho da entrada, arregaçando as mangas.

No museu, Mary espia por sobre os ombros. Anda mais rápido. Mesmo quando está dentro dos dioramas, ela não se sente segu-

Verdadeiros animais

ra. Na escada, dando o tom das bordas de uma nuvem, ela tem certeza de que alguém está observando. Ela se vira e vê um casal de idosos do outro lado do vidro.

A bolsa de mão da velha combina com a camisa do marido. É uma estampa havaiana, com flores roxas e azuis. O velho está calçando sandálias. Ele acena para Mary. A esposa está vasculhando a bolsa, puxando os óculos para ler a placa informativa. No chão, atrás deles, está o urso.

O animal saiu de seu pedestal. A cara dele é redonda; o focinho, gasto até a pele; os olhos, feitos de vidro marrom. O urso se ergue sobre as patas traseiras no corredor de mármore, tem quase um metro e oitenta, oscila um pouco atrás do casal antes de se inclinar para a frente para farejar os cabelos da velha.

– Cuidado! – grita Mary. Ela desce da escada e bate na vidraça com as duas mãos.

A velha deixa a bolsa cair. O marido congela, depois pega o cotovelo da mulher e começa a puxá-la. Os dois encaram Mary como se ela tivesse enlouquecido. Nesse meio-tempo, a atenção do urso foi desviada. O casal de idosos caminha para a saída e o urso começa a golpear o vidro com as patas dianteiras.

Mary recua e bate em um dos antílopes. A vidraça sacode a cada batida e ela tem medo de que se rompa. A expressão do urso não mudou, mas a cada investida ele lança mais peso até que, por fim, uma de suas pernas se solta. O animal fica sobre três pernas e sacode a quarta, o enchimento de crina de cavalo e algodão escapando pelo buraco. Mary encontra o trinco para o alçapão e desliza para a sala dos fundos.

Esse foi o animal que ela viu no corredor na semana passada. Ela tem certeza disso. Mary calcula a distância para a saída. Abre uma fresta na porta para o corredor. O urso foi embora, mas o Dr. Fisher está lá, segurando a bolsa da velha.

– Que diabos está acontecendo? – diz ele.

O urso está lá atrás em sua posição original, a expressão de surpresa, como se tivesse acabado de topar com a floresta. Mary

espera para vê-lo respirando, mas o corpo continua parado. Só o que indica desordem é a perna caída.
 O Dr. Fisher coloca a alça da bolsa sobre o ombro e pega a perna com as duas mãos. Passa os dedos pelas garras e olha para Mary, cauteloso. Seus olhos têm o mesmo marrom dos olhos do urso.
 – Você fez isso?
 – Não – diz Mary. – Ela caiu.
 – Isso não pode ficar assim – diz o Dr. Fisher, franzindo o cenho. Tira o casaco, dobra-o e o coloca de lado com a bolsa. Um pequeno kit de costura aparece de seu bolso traseiro. Ele escolhe agulha e linha e procura uma maneira de recosturar a perna.
 – Vou precisar que você levante um pouco a parte da frente desse bicho.
 Mary pára. Tem medo de chegar mais perto. O Dr. Fisher se agacha, esperando. Ela avança até o pedestal, seus tênis pairando perto da borda. Há um leve estiramento quando Mary se aproxima do corpo. O peso é igual ao de seu pai depois da primeira operação, quando Mary tinha de ampará-lo até o banheiro. Ele mal podia ficar de pé para que ela fizesse isso. Depois que ele terminava, ela dava um tapinha no braço do pai, querendo dizer: "Eu faria qualquer coisa por você", e isso é o que Mary se vê pensando enquanto toca o pêlo do urso. O animal está congelado, impassível como uma mesa. A boca dele exala um cheiro estranho.
 – Antes de morrer, minha mãe me ensinou a costurar – diz o Dr. Fisher. – Tinha medo de que eu nunca me casasse – ele parte um pedaço da linha com os dentes.
 Mary espera que o urso se mexa em seus braços. Ela observa o Dr. Fisher costurando. A nuca dele é raspada em uma linha clara e reta.
 – Meu pai não acredita em casamento.
 – Ele não se casou com sua mãe?
 – Casou – diz Mary. – Mas foi um erro.

Verdadeiros animais

— Então você não aprova a idéia?
— Na verdade não — diz ela. — Não consigo me imaginar tão perto de ninguém — ele olha para cima, analisa o rosto dela e Mary enrubesce. A perna balança frouxa do ombro do urso.
— Pode baixar agora.
Mary se curva, liberando devagar o peso para o chão. Quando afasta as mãos, elas estão cobertas de poeira.

O pai insiste em ir ver as pinturas acabadas.
— É sua primeira vernissage — diz ele. — Não quero perdê-la. Há muita preparação. Através de Mercedes, ela conseguiu emprestada uma cadeira de rodas do asilo. Ela pega uma van com rampa com um dos seguranças do museu. Mary o ajuda a se vestir. O corpo dele encolheu. As calças e o paletó parecem feitos para outro homem. Ela amarra uma gravata frouxamente em torno do pescoço dele. Penteia o que lhe resta dos cabelos.
— Quero as janelas abertas — diz ele na van. Ela as abaixa completamente. Mary já está se sentindo exausta, mas o pai parece renovado. Enquanto ela dirige, olha pelo retrovisor e o observa inclinar o rosto para a brisa, como faria um cão.
O Dr. Fisher está esperando por eles na entrada para deficientes físicos. Insiste em dar um giro pelo museu. Mary se sente constrangida apresentando os homens, mas seu pai é simpático. Ele faz perguntas sobre a coleção e sua história. Quando o Dr. Fisher passa vinte minutos descrevendo o ciclo de vida de uma tartaruga, o pai pestaneja antes de cuspir um bolo de catarro no lenço.
Por fim, chegam ao hall da exposição. O Dr. Fisher perdeu parte de sua energia e Mary fica grata pelo silêncio. Ela empurra a cadeira de rodas do pai até um grupo de camelos e dromedários.
— Ah, querida — diz o pai. — Olhe só essa areia.
Mary de repente se sente em choque. Não está preparada para cumprimentos, embora tenha orgulho da textura e da luz

que devolveu às dunas. Tenta desviar a atenção, insiste que as pirâmides ao fundo são rudes, mas o pai assinala que foi opção de Everett incluí-las e não dela.

– Faz com que os animais pareçam meio surrados – ele tenta dar uma piscadela, mas, em vez disso, fecha os olhos.

Mary não tem certeza se foi sua restauração que atraiu o interesse do pai ou se foram as pinturas de Everett por baixo. Ela copiou pinceladas, combinou cores, seguiu linhas, dando dimensão e sombra a árvores e animais, mas nada daquilo era realmente dela.

Eles passaram pela migração de gnus.

– Gostaria de tentar isso – diz o pai. Ele bate na vidraça. – Parece uma máquina do tempo.

Mary tenta guardar bem a imagem dele. A última pintura que ele fez foi um auto-retrato, uma representação fantasmagórica em azuis e pretos. Ele o pregou na parede de sua sala e depois disse que ia para a cama. Quando ela abriu a porta do quarto dele, viu as cobertas puxadas até o queixo. Seu rosto parecia assustado. Ela sugeriu que ele fosse a um hospital e ele não recusou e foi quando ela percebeu aquilo pela primeira vez – o vazio que seria sua vida sem ele.

Antes de ele adoecer, as mãos dele sempre estavam cobertas de tinta. Os nós dos dedos e as unhas tingidas de roxo e vermelho. Quando era menina, ele mostrava a ela como misturar as cores mesclando-as diretamente na pele. As costas das mãos e o espaço nos pulsos. Ele usava toda a sua paleta para criar um tom. Disse a ela que não existia um branco verdadeiro.

Eles param diante do urso, ainda com a pose da cabeça erguida, a perna perigosamente retorcida. O pai se interessa pelos dentes. Mary empurra a cadeira de rodas para mais perto da boca e reconhece o cheiro que vem dali. A mesma combinação de mofo e podridão tem estado no corpo do pai há semanas. Quando ela lava seus braços, pernas e pescoço, até a esponja acaba pegando o cheiro, até a água. Mary segura os ombros do

Verdadeiros animais

pai, como se ele pudesse ser arrancado da cadeira de rodas, e o empurra dali, afastando-se pelo corredor.

– Eu não terminei – disse o pai.

Eles estão refletidos em cada diorama por que passam. Ela pode ver o pai acenando, tentando fazê-la parar. Se ela pudesse, o conservaria em uma vitrine só dele. Pintaria caracteres chineses da fábrica de macarrão em toda a parede. Arranjaria os tubos de óleo, espalharia os pincéis, penduraria os trabalhos em andamento, apoiaria a cama no canto. Ela quer manter cada parte dele para si mesma. Ela quer gritar.

O Dr. Fisher se apressa em acompanhá-los. O urso, diz ele, não tem predadores naturais. Pode correr a cinqüenta quilômetros por hora. Ele parece distraído e tenta atrair o olhar dela. Quer saber se fez alguma coisa errada.

Mary vira-se rapidamente e devolve o olhar. Os dioramas estão iluminados como um palco e sobre o pedestal, onde o urso deveria estar, não há nada. Ela sente o impulso de correr. Empurrar o pai diretamente até uma das saídas de emergência. Em vez disso, ela se concentra na voz do Dr. Fisher. Ele diz que os ursos hibernam por seis meses de cada vez. O coração de Mary pára. Eles mal respiram, mas ainda estão vivos. Mary se imagina acordando de um sono como esse. A fome que certamente se segue. Ela pode sentir o animal, com suas costuras malfeitas, tropeçando atrás deles.

A última viagem de Slim

Não sei por que Rick pensou que o coelho podia voar. Ele sabe que não pode. Sabe que eu não posso. Deve ter achado que alguma coisa o impediria de cair ou nunca o teria largado. Quando o pai de Rick chegou e lhe deu aquele coelho, eu já não tinha notícias dele por três anos. Três anos ausente e de repente ele está na varanda da minha casa com um par de botas surradas, dizendo que tem um presente para o menino. Toc, toc, toc. Pus a mão na porta de tela entre nós e a mantive fechada. Eu não lavava o cabelo há dias.
 Eu disse a ele para voltar de onde tinha vindo. Ele pôs a gaiola no chão e pude ver uma coisa branca se mexendo de um lado para outro. Me perguntei se ele ainda tinha as chaves da minha casa que mandei fazer para ele. Eu não ia me irritar até que ele começasse a se afastar.
 – E aí – gritei nas costas dele. – Como estou?
 – Bem – disse ele, mas ele nem ao menos se virou. – Você parece bem.
 Rick disse que ele se chamava Slim.
 Meu filho gostava de vestir Slim com suas roupas e levá-lo a toda parte, como uma boneca ou um talismã. No começo, achei isso bonitinho, mas depois o coelho começou a ficar todo gordo e quase tão grande quanto Rick e fiquei um pouco assustada. Slim tinha unhas e dentes e podia causar algum estrago. Fiquei de olho nele, mas o bicho não me causou nenhum problema. Sempre pendia mole nos braços de Rick, com as grandes pernas

traseiras esticadas e relaxadas, como se estivesse esperando por alguma coisa.
 Rick fez uma casa no quintal para o coelho com uma armadilha velha de lagosta que ele tinha arrastado da praia. Rick tem nove anos. É engenhoso. A madeira estava cinza e cheia de farpas. Quando voltei do trabalho, encontrei Rick no jardim, acrescentando alguma novidade à gaiola de Slim.
 – É só isso que você faz depois da escola até eu chegar em casa? – perguntei a ele. Apontei para nosso velho aparador de grama manual encostado ao lado da casa. – Por que não corta o gramado? Onde está o peru que pedi para o jantar? – Rick sorriu (ele sabe quando estou brincando) e continuou trabalhando, colando uma pilha de seixos manchados em uma fila, um por um, com um fio branco e fino de cola Elmer. Enfiei o dedo. A cola era muito pegajosa. Depois, meti a mão por entre as barras da gaiola e afaguei o pêlo do coelho. Macio. Slim macio.
 Comprei uma daquelas garrafas de água para hamster. Ficava pendurada de cabeça para baixo e tinha uma bola de metal pequenininha no gargalo que impedia a água de sair quando ninguém estava lambendo. Comprei um grande saco de bolinhas de alfafa. Todas as noites eu colocava comida para o coelho na tampa de um velho vidro de maionese. Rick ficava tão empolgado que deixava cair a maior parte das bolinhas antes de colocar dentro da gaiola e tinha de voltar e encher a tampa de novo. Eu nunca me aborrecia com isso, simplesmente despejava um pouco mais. Era esse o tipo de mãe que eu era.
 Slim tornou-se um problema quando começou a usar as cuecas de Rick. Descobri quando fui lavar a roupa. Quando vou à Laundromat, sempre conto minhas roupas. Faço uma lista e escrevo coisas quando as coloco na máquina de lavar – quatro camisetas, uma camisa, 27 meias, três calças jeans, seis fronhas, treze cuecas, duas toalhas. Depois, verifico toda a lista enquanto as tiro da máquina, úmidas e duras do ciclo de centrifugação, e por isso eu sempre saio com as roupas com que cheguei. Não gosto de perder coisas.

Verdadeiros animais

Era sábado e eu estava esperando que a máquina de lavar parasse. Não me importava de esperar. Era um tempo só meu. Eu pagava meus 25 centavos. Podia ver o reflexo de um rosto na janelinha redonda de vidro da máquina de lavar. Coloquei a língua para fora para ter certeza de que era eu.

A luz vermelha se apagou, peguei minha cesta sobre rodas, puxei meu bloco de notas e comecei a conferir as roupas. Eu estava na terceira camiseta e percebi que tinha uma coisa marrom em minha roupa lavada. Havia manchas escuras nas roupas que eu acabara de lavar. Havia marcas miudinhas de cocô em minhas roupas saídas da máquina de pressão permanente, sabão extra e capacidade para dez quilos. Peguei uma cueca do Super-homem e ela estava cheia de cocozinho molhado de coelho.

Respirei fundo. Minha pele se esticava, apertando-se mais, e me senti leve e aérea, como se estivesse prestes a levitar do chão.

Despejei os cocozinhos na lixeira, coloquei a roupa na máquina novamente e, quando cheguei em casa, encontrei Rick do lado de fora e atirei aquele short manchado de cocô na cabeça dele. Minhas mãos agarraram os ombros do meu filho e sacudiram, sacudiram, sacudiram até que o rosto dele ficou branco e senti meu peso descer novamente.

Quando acabei, Rick deslizou para o chão e arrancou a cueca do rosto. Vi sua respiração fazer o pequeno Super-homem subir e descer e sentei perto dele na grama. Passei os dedos em suas omoplatas, segurei e limpei um torrão de terra. Balancei a cara do Super-homem e a mexi de um lado para outro até que os grãos que estavam pendurados nas raízes começassem a chuviscar.

– Olha – eu disse. – É cocô de fada. – Rick rolou para o lado e me espiou por um dos buracos da perna. Sorri para ele. Depois me levantei, atirei o torrão fora e comecei a pendurar as roupas no varal.

Eu nunca uso as secadoras da Laundromat. Por que devia pagar por uma coisa que minhas roupas podem fazer perfeitamente bem sozinhas? Ter minha roupa lavada espalhada diante de mim no varal faz com que me sinta intimamente calma. Posso ver onde tudo está.

Na primeira vez em que Rick atirou Slim da janela, eu vinha do trabalho e encontrei a gaiola aberta. Tive aquela sensação estranha de "tem alguma coisa errada" e eu sabia que tinha razão quando fui para a cozinha. O coelho estava na pia e Rick debaixo da mesa.

– O que está fazendo? – perguntei. Deixei cair a bolsa, Rick agarrou a camiseta e puxou a frente dela sobre a cabeça. Ele fazia isso quando sabia que tinha feito alguma coisa errada. Isso também evitava que fosse apanhado. Às vezes, vou reclamando atrás dele com um cigarro, talvez uma taça de vinho tinto, e Rick anda até o quarto com a blusa puxada para cima como uma espécie de cavaleiro sem cabeça, os braços pendendo moles de ambas as mangas, a barriga de fora. Entra no quarto, sai do quarto. Nem uma palavra. Entra, sai. Depois, só o que eu tenho de fazer é seguir o rastro de onde ele veio e sempre descubro alguma coisa errada.

Slim gritava e arranhava a pia. As unhas dele faziam buraquinhos no metal como ele fosse alguma coisa terrível. Rat-tat-tat-tat-tat. Tremia todo e uma de suas grandes pernas traseiras pretas estava para fora, arrastando-o para trás.

A voz de Rick veio de sob a mesa. Ele me disse que Slim tinha caído e agora não ia parar de morder.

– É porque a perna dele está quebrada – eu disse. – A perna parece que está a ponto de despencar. – Eu me agachei. Podia ver a barriguinha branca de Rick. O peito dele tremia para dentro e para fora e percebi que ele estava chorando.

– Vem cá – eu disse. Rick se arrastou até mim. Puxei-o como um bebê e o coloquei no colo. Tirei a blusa da cabeça dele e a prendi nas calças. Segurei seu rosto em minhas mãos e enxuguei as lágrimas das bochechas com a ponta dos dedos.

– Olha – eu disse. – Vou fazer com que ele melhore.

Slim estava guinchando, piando como um passarinho. Coloquei umas luvas amarelas e grossas que eu guardava embai-

Verdadeiros animais

xo da pia – eu não ia deixar que o coelho me mordesse – e, depois de muita luta, consegui enrolar a perna de Slim entre dois lápis presos com fita isolante.

– Agora ele não vai pular por uma semana – eu disse, áspera, e Rick riu.

Depois, fiz tudo o que devia fazer. Levei Rick ao banheiro e lavei o rosto dele com uma toalha úmida e fria. Encontrei um pente no armário de remédios e o molhei também, penteando seu cabelo até os fios ficarem retos. Dei um beliscão nele para que risse novamente.

– Quem é que te ama? – perguntei.

E ele respondeu:

– Você.

Faço cópias de chaves na True Value Hardware, no centro da cidade. Sou rápida. As pessoas se aproximam de mim com uma expressão preocupada. Elas me olham de cima a baixo. Entregar as chaves para mim as deixa nervosas, mesmo que por um minuto, mas elas sempre acabam entregando. E penso: "O que vocês vêem quando olham para mim?" Seguro as peças de metal em minha mão e ouço a tranca girar, as portas se abrirem, quando as pego com os donos dos chaveiros. Aponto o relógio na parede. "Cronometre", digo.

Pego as chaves, quadradas e redondas, longas e curtas, e encontro uma combinação no quadro que está atrás de mim. Centenas de tipos de chaves pendurados em ganchinhos, todas inteiras. Sem dentes. Não permitem que você entre em lugar nenhum. Pego a chave e a prendo em minha máquina. Prendo a cópia no espaço de corte, ponho meus óculos de proteção e ligo o motor. A roda gira rápida, dura, e faz sons de dentes em metal. Triturando para dentro e para fora. Abre o grampo, vira. Fecha o grampo. Tritura, para dentro e para fora. Abre o grampo, vira. Fecha o grampo. Tritura, para dentro e para fora. Abre o grampo. Tilinta. "Cuidado", digo. "Está quente."

Eu estava fazendo uma entrega quando conheci o pai de Rick. Cinqüenta e três chaves para uma cerca alta de arame de um parque de diversões inspirado em animais de fazenda. Fui de carro para a Farmland e me receberam lá dentro. Era o dia da feira rural que acontecia duas vezes por ano e o pai de Rick estava demonstrando como funciona um trator. Quando eu o vi arrastar com sua máquina aqueles blocos acorrentados de cimento que pesavam uma tonelada, as rodas rangendo e a lama voando em seu rosto e o modo como ele se virava e sorria como se fosse uma suave chuva de primavera, entendi que era amor. Duas feiras rurais depois eu estava grávida.

Marquei as noites que ele passava na minha casa com **X**s no calendário. Fiz chaves para que ele pudesse parar por ali quando quisesse. Depois do bebê, as vezes em que ele aparecia se espaçaram — as segundas e terças passaram a sextas e depois a um domingo por mês. Quando não tive um dia marcado com **X**, comecei a me marcar. Pequenas linhas descendo por meu nariz, cruzes em meus ossos malares. Tentei ver como eu estava no brilho da torradeira, depois ia na ponta dos pés até o berço de Rick e espiava. Ele dormia com os braços cobrindo a cabeça. Ele sempre parecia estar se protegendo.

O pai de Rick saiu da Farmland e decidiu que queria trabalhar por contra própria pelo interior. Levou as chaves que eu fiz e mais tarde, à noite, ouvi o som das chaves correndo pelas fechaduras. Ele me mandou uma carta, cinco postais e um melão da Califórnia. Depois, três anos de ausência. E, depois, o Slim.

Eu estava no meu quarto quando ouvi o baque. Foi um baque sólido, pesado, com um tilintar no final, e eu pensei: "Ora essa, aí tem coisa." Eu sempre sei quando tem alguma coisa. Ouvi Rick descendo as escadas correndo, passando por meu quarto e saindo pela porta. Fui até o armário e vesti um suéter amarelo.

Verdadeiros animais

Amarelo é minha cor favorita. É como colocar seu lado ensolarado para fora, é o que digo.
Ergui a cortina. Rick tinha tirado a blusa e a estava usando para cobrir alguma coisa no chão, perto do aparador de grama. Uma folha ficou presa entre suas omoplatas. Vi Rick desprendê-la com a ponta dos dedos, limpá-la em uma das rodas de borracha e enfiá-la sob a pilha. O sol brilhava em seus ombros pequenos e brancos. Abri a janela e enfiei a cabeça para fora.
– Ei! – eu o chamei. – Acabei de lavar isso, sabia? Por isso, não jogue nada no chão. Pegue. Pegue esse troço agora! Não sou sua lixeira! – tenho de lembrar Rick para que ele não se esqueça dessas coisas. Eu digo: "Não sou sua lavadeira, não sou sua esposa, não sou sua fada-madrinha."
Rick ficou de pé quando ouviu minha voz e estendeu os braços no ar. Parecia o Frankenstein. Um minifrankenstein. A blusa ainda estava no chão, dobrada na frente das lâminas do aparador de grama. Havia uma protuberância ali por baixo. Pude ver que ele estava tentando esconder alguma coisa de mim.
– Saia daí! – mandei. – Você não engana ninguém parado aí como um idiota. Não há nada de errado com você. – Rick sequer piscou. Parecia congelado. Sua boca estava aberta e eu podia ver sua lingüinha. Respirei fundo e gritei, meio porque estava ficando irritada, meio porque pensei que podia fazê-lo fugir assustado.
– SAIA DAÍÍÍÍÍÍ!
E foi exatamente nesse momento que o montinho deu uma tremida e pulou, pulou, pulou. Se é que se podia chamar aquilo de pulo. Era mais como um cambalear. Como um arrastar. Rolou para fora do aparador de grama e começou a atravessar o gramado.
– Para o alto e avante! – disse Rick. Fiquei ali na janela, vendo Rick gritar e aquele montinho disparar e comecei a rir. Era engraçado.
Desci as escadas. Deixei a porta de tela balançando atrás de mim – chia-bate! Desci os degraus dos fundos e saí. Rick tinha

os olhos fixos na blusa que se afastava desajeitada. Comecei a segui-la. Dei um showzinho.
– Volta aqui, blusa! – eu disse. – Acha que vai escapar de mim? – Tentei fingir que não conseguia, andando em ziguezague, mas a apanhei facilmente e a prendi com o pé. Segurei-a rápido, ergui-a de um lado, e comecei a sacudi-la. – Peguei! – A blusinha se desenrolou e apareceu Slim no que pareciam uns pedaços, uma confusão grudenta de branco e vermelho.

Parecia que alguém o tinha fatiado de cima a baixo pelo lado, da parte de trás das orelhas à curva frontal da perna traseira. Ele se mexia e percebi que a pele não estava só cortada. Todo um pedaço tinha descascado e pude ver a esponja úmida e cor-de-rosa do músculo por baixo do sangue. Futuquei-o com o pé e ele afundou. Parte da perninha dianteira não estava mais ali.

Eu me virei e olhei para Rick. Ele estava no mesmo lugar com os braços estendidos para mim. O minifrankenstein. Fui até Rick com a camisa ensangüentada e suja de grama na mão e me ajoelhei diante dele. Ele deixou os braços tombarem, deixou que pousassem em meus ombros e quando o puxei para mais perto de mim, senti seus braços me envolvendo.

– Vamos – falei, e os braços dele caíram. Ele olhou para meu ombro direito, depois para o esquerdo, depois para Slim na grama. – Olhe para mim! – eu disse, agarrando seu queixo e erguendo-o para meu rosto. Era o queixo do pai – alongado, com uma leve covinha. Pressionei o polegar nele com força.

Fiz com que Rick vestisse a blusa. Empurrei o colarinho para baixo e, quando a cabeça surgiu, estava riscada de um vermelho ferrugem. Puxei a blusa sobre a barriga dele. A roupa estava úmida e fria e, quando vi o sangue coagulando nos nós dos meus dedos, percebi que nunca seria lavado. Rick dobrou o cotovelo, empurrou o braço por uma manga e alguma coisa caiu do punho para o gramado.

No princípio, achei que era um bolo de papel higiênico. Rick sempre o levava a toda parte, embolado em seu punho. Quando trocava a roupa de cama, encontrava fiapos do papel no

Verdadeiros animais

lençol, como se Rick tivesse ficado acordado a noite toda, rasgando-o em pedaços –, mas isso não era papel higiênico. Era a perna dianteira de Slim.
Nós dois ficamos olhando para aquilo por algum tempo. Uma coisinha branca pequenininha na grama. Depois, tive uma idéia.
– Pegue – eu disse. Rick encarou o chão. – Pegue. – Rick pegou a frente da blusa e tentou colocar sobre a cabeça. – Não – puxei a blusa de volta. – Não vai mais se esconder. Se esconder é coisa de bebê. Agora, quero que você pegue aquilo e jogue fora. Está na hora de você aprender a se limpar sozinho. Eu vou cuidar do resto.
Deixei-o ali com a perna de Slim e entrei para vestir novamente aquelas luvas amarelas que estavam sob a pia. Ninguém ia me morder! Depois, saí mais uma vez. Rick tinha pegado o pedacinho do coelho e estava apertando as almofadas plantares com a ponta dos dedos.
Peguei uma toalha do varal e pus os prendedores de roupa no bolso. Fui até o coelho, peguei-o com a toalha e o trouxe para dentro.
Slim tinha parado de se mexer. Coloquei a toalha cuidadosamente na pia e a abri para dar uma olhada nele. Achei que podia estar morto, mas, assim que toquei seu ombro, ele começou a tentar escalar, mostrando as garras para mim. Prendi Slim com força. Ele não ia a lugar nenhum.
Peguei um pouco de codeína do armário de remédios, moí e coloquei na água de Slim. Isso ajudou. Segurei sua garrafa de água como se fosse a mamadeira de um bebê. Depois de ele ter se acalmado o suficiente, amarrei o toco bem apertado.
Procurei uma agulha. Peguei um pedaço de fio dental do armário de remédios – sabor hortelã. Quando voltei à cozinha, Slim estava completamente frio. Reuni os pedaços de sua pele até que se sobrepusessem e as prendi com um pregador de roupas que tirei do bolso. Passei a ponta de um pedaço de fio dental por meus lábios para enfiar na agulha – hortelã! – e prendi a

ponta num nó. Quando empurrei a agulha por sua pele, houve um estalo pequenininho e depois ela deslizou tranqüilamente. Costurei a lateral do corpo do coelho. Usei um ponto cruzado. Não sou costureira, mas não ficou ruim.

Antes de partir para viajar pelo interior, o pai de Rick me telefonou e disse que queria ver o filho. Levou-nos a um piquenique corporativo da Farmland. Seguimos as trilhas, entrando e saindo do Mundo das Aves e contornando a Terra do Pasto. O pai de Rick destrancou os portões com as chaves que eu havia feito e nos deixou afagar os animais. Fizemos o passeio gratuitamente.

Paramos no centro de aprendizado da Farmland. As crianças podiam estudar a anatomia de diferentes animais ali ou uma simulação do trabalho dos animais na fazenda. Em uma área, eles tinham óculos de proteção especiais, tipo viseiras e, se você olhasse por eles, veria como uma vaca ou um pato enxergam. Eles fixaram espelhos do lado de dentro para eliminar a cor, se o animal não podia ver as cores, ou bloqueavam as laterais, se o animal só conseguia ver diretamente em frente, ou fragmentavam a imagem, se o animal só pudesse ver as coisas aos pedaços.

Peguei um daqueles visores de animais e os coloquei. Olhei para o pai de Rick. "É assim que um cachorro vê você", pensei. "É assim que uma galinha vê você." Virei para onde estava Rick e não vi nada. Céu. Tentei encontrá-lo e havia meus pés no chão. Pareciam tão distantes. Tive de mexê-los para ter certeza de que eram reais. Arrasto o pé. Mexo o dedão para baixo. Bato, bato no chão diante de mim para ter certeza de que era real também.

Na última vez em que Rick atirou Slim pela janela, eu estava no quintal, prendendo lençóis no varal. O vento os apanhava, fazia com que batessem uns nos outros, tentando arrancá-los de meus dedos e tive de segurar firme para evitar que caíssem no grama-

Verdadeiros animais

do. Faltava uma fronha. Dois pregadores na minha mão. Ouvi o grito de Rick, "Para o alto e avante" e, quando olhei, ele atirava Slim da janela do terceiro andar.

O pêlo de Slim estava voando em torno dele. Suas orelhas eram pretas e seu corpo estava espalhado, a pele das laterais batendo como se tentassem segurar o ar. Rick tinha prendido uma pequena capa em volta do pescoço de Slim e percebi que era uma fralda velha que eu estava usando como pano de prato. Vi Slim vir direto para minha cara e pensei: "Que coelho idiota! Ele nem olha para baixo."

Slim não era mais exatamente um coelho. Tinha mancado sobre três pernas por algumas semanas. Nós levamos a gaiola para dentro para ajudar a curá-lo, mas isso não adiantou muito. Ele não estava comendo, só sugando codeína e suco de cenoura, e sua pele tinha começado a ficar pendurada nos ossos. Eu o vi se aproximando de mim e sabia que aquela era sua última viagem.

Eu me perguntei se Slim sabia o que estava acontecendo. Se ele acenava com seu toco no ar na expectativa do choque ou se isso era demais para que seu cerebrozinho se lembrasse. Talvez fosse novidade para ele, cair de Rick para mim. Talvez ele estivesse se divertindo.

Pistoleiro do ano

Ambruzzo apareceu primeiro pelos pulsos. Estava molhado e azul e sua avó, em pânico, o enrolou no avental e o colocou no forno para mantê-lo aquecido. Enquanto se curvava e examinava o neto aninhado entre as prateleiras de metal, a Nonna sentiu um pavor sinistro que permaneceu dentro dela mesmo depois de ver a cor surgir na pele dele, como se viesse, ela diria mais tarde, da morte. Ela sussurrou rapidamente uma Ave-Maria e usou as luvas para tirá-lo do forno.

Mais cedo, naquela tardinha, a Nonna tinha encontrado a filha no quarto dos fundos da padaria da família, suja de farinha de trigo e cravando os dentes num rolo de pastel.

– Estou grávida – disse Sylvia, a voz parecia mais um rosnado de cachorro. Ela sempre foi uma menina gorducha e a mãe não tinha percebido as mudanças. Mais tarde, a Nonna se lembraria de todas elas, mas por ora abriu espaço na mesa de massa; empurrou o açúcar, o sal e a manteiga de lado, depois ajudou sua filha a subir.

Quando as contrações ficaram mais próximas, ela perguntou *quem* havia feito aquilo, mas Sylvia não respondeu. Não na incandescência do músculo se rasgando. Nem no poço de entorpecimento dos intervalos das contrações. Nem quando uma parte dela se rompeu, afrouxando-se por dentro de seu corpo, e Sylvia a expulsou com sangue, atravessando a mesa, até que não restava mais nada e ela se foi.

A Nonna enterrou a filha e trouxe o bebê para a padaria. Ela viu seus cachos de cabelo castanho crescerem, os olhos azuis escurecendo e procurou pelos sinais do homem que tinha matado sua garotinha. Ela procurou por ele nas ruas, na igreja aos domingos e nos festivais: San Gennaro, San Antonio, Corpus Christi. Ela era uma mulher paciente. Ordenava seu tempo, preenchia-o e o media como farinha de trigo, empilhando-o em volta do coração.

Ela decidiu batizar o bebê em homenagem a seu bisavô, que só vira uma vez em uma fotografia embaçada, um borrão branco obscurecendo o rosto dele — o brilho do sol ou talvez um bigode. Ambruzzo Spagnetti era uma criança calma. Cresceu e se tornou mais inteligente e a avó começou a contar com ele.

A Sra. Fabrizio gostava de usar vestidos tropicais trespassados e sapatos com a cor combinando. Eram sempre do mesmo estilo — um salto alto que estalava e uma tira em volta do tornozelo. Ambruzzo esperava com ansiedade todas as semanas para ver os sapatos. Tinha dez anos e amava como um menino de dez anos: resolutamente e sabendo apreciar a cor. Mas a Nonna não confiava nela, não gostava do modo como seus longos cabelos pretos sempre se penduravam frouxos em seus ombros. Quando a Sra. Fabrizio fazia um pedido, inclinava-se no balcão e a Nonna sempre achava que ela estava tentando ver dentro da gaveta de dinheiro.

Em uma tarde ensolarada de sábado, Ambruzzo entregou uma dúzia de pãezinhos no apartamento da Sra. Fabrizio. Ela agradeceu a ele e colocou os pãezinhos dentro de um cesto em cima da mesa da cozinha.

Era um apartamento de dois cômodos. O sofá estava aberto, transformado em uma cama. Os lençóis estavam caídos e Ambruzzo viu que havia uma mancha no meio do colchão. Um dos travesseiros tinha se rasgado e havia penas no chão, empilhadas em uma mesa, espalhadas na cúpula de um abajur. A Sra. Fabrizio deu a Ambruzzo um saco cheio de sapatos e pediu a ele para acompanhá-la até a rodoviária.

Verdadeiros animais

No caminho, ela disse a Ambruzzo para olhar atrás deles e ele diria com seu habitual laconismo que não havia ninguém ali ou que eram só algumas crianças ou que era apenas a Sra. Rondo ou Larry Pulcheck com seu cachorro. Ela disse que ele era bom e Ambruzzo sentiu as bochechas arderem. Ele olhou para baixo. A Sra. Fabrizio não usava meias. As pernas dela estavam cobertas por uma penugem fina e escura.

Do lado de fora da rodoviária, enquanto esperava que a Sra. Fabrizio comprasse sua passagem, Ambruzzo foi abordado por um terno listrado. O homem dentro do terno deu um tapinha no ombro do menino, depois manteve a mão ali e apertou.

– Ela está indo embora? – perguntou ele. Ambruzzo sacudiu a cabeça e o terno riu alto. RÁ, depois de novo RÁ. Um pouco de saliva saiu de sua boca e Ambruzzo a sentiu na testa. O homem enfiou a mão no bolso do casaco e deslizou uma moeda para a mão de Ambruzzo. Era um níquel Buffalo.

– Eu não estou aqui. – O terno contornou o ônibus estacionado diante deles até que Ambruzzo não pôde vê-lo mais.

Antes de entrar no ônibus, a Sra. Fabrizio deu a Ambruzzo um par de sapatos e disse a ele para dar à avó. Eram de um amarelo-canário brilhante. Ambruzzo imaginou a Nonna tentando enfiar os pés calejados dentro deles e decidiu guardar os sapatos para si mesmo. Ele os segurou pelas tiras do tornozelo enquanto a Sra. Fabrizio subia as escadas. Ele acenou um adeus. Depois andou cuidadosamente para a traseira do ônibus e espiou pelo canto.

O homem do terno listrado estava do outro lado, agachado na rua. Segurava um canivete. Um carro passou voando perto dele e o homem enfiou o canivete nas rodas do ônibus.

Ambruzzo esperava que a Sra. Fabrizio não tivesse escolhido se sentar perto de uma janela. Que ela não arrumasse a bagagem sobre a poltrona, passasse pelo companheiro de viagem, olhasse pela janela e visse Ambruzzo empurrando o homem para baixo das rodas do expresso para Port Authority. Enquanto suas mãos se libertavam do peso, Ambruzzo sentiu um movimento por trás dele. Sentiu o calor na nuca, o cheiro do cansaço e soube que estava no caminho certo.

Ambruzzo tinha um dom. Martin Spordonza tinha visto isso muito tempo atrás, quando Ambruzzo era conhecido como uma criança silenciosa. Os fregueses da padaria disseram que sua tranqüilidade era uma bênção, mas a Nonna sentia que não havia nada de natural nela; ela sabia que um bebê que não chora significava azar. Martin Spordonza segurava a caixa fina e frágil de *cannoli* e o analisou no berço que a Nonna mantinha nas prateleiras entre os pãezinhos doces e as *pizzelles*. Ambruzzo devolveu seu olhar como um poço de água indiferente e frio – e Martin teve uma visão de seu futuro negócio. Ele decidiu ter influência sobre Ambruzzo e, quando chegasse a época certa, o lançaria na família Spordonza como os barcos de papel que ele fazia navegar quando menino.

Martin Spordonza tinha dez anos quando a Nonna começou a administrar a Padaria Spagnetti sozinha. Tinha descoberto há pouco tempo a importância do nome de sua família no bairro e estava começando a colocá-lo à prova. Numa manhã bem cedo, ele quebrou uma janela lateral da padaria, subiu por ela e usou um bastão de beisebol para abrir a caixa registradora. Enquanto saía da loja, Martin laçou uma dezena de *brossadellas* com o bastão, como se fossem grinaldas de Natal. Entregou-as a um estranho no caminho para a escola, aceitando seus agradecimentos com uma inclinação autoritária da cabeça.

Mais tarde, naquele dia, a Nonna o pegou na rua. Ela tirou o bastão dele e, enquanto Martin e seus amigos observavam, bateu-o em um hidrante até que se fizesse em pedaços. As crianças ficaram paradas, em uma expectativa silenciosa, enquanto a Nonna tomava fôlego. Assustaram-se quando ela começou a esbofeteá-lo. Os ouvidos de Martin cantaram por todo o caminho até o padre, a quem ele foi obrigado a se confessar, e depois a Nonna o arrastou para casa, com as unhas arranhando o braço do menino.

Mesmo depois de seu pai repreendê-lo por arrombar uma vitrine e dar sua palavra de que protegeria a vida da família da Nonna, Martin recusou-se a se desculpar. Por isso, a Nonna continuou a esbofeteá-lo quando ele vinha à padaria ou quando o via na rua. Aos poucos, aqueles golpes conquistaram a admiração e o respeito de Martin. Ele ficou impressionado com o destemor da Nonna e procurou retificar o que fizera. Anos haviam se passado e ele continuava tentando.

O envolvimento de Ambruzzo com a família Spordonza começou com entregas no caminho para a padaria e logo se tornou um trabalho, depois da escola, feito às pressas. Martin teve o cuidado de manter o trabalho do menino no período de tempo estrito que a Nonna estabelecera. Os deveres de Ambruzzo não iam interferir nos estudos, obrigá-lo a perder alguma refeição, nem evitar que ele cuidasse do pão nas manhãs de domingo.

A avó de Ambruzzo era uma mulher prática. Tinha sido mandada à América pelos pais quando estava com dezesseis anos. À noite, enquanto tentava dormir no quartinho do sótão que limpara para seu uso, ela ouvia o vento chocalhar a janela como dentes e imaginava o lugar lotado com seus filhos e os filhos de seus filhos. Ela enchia o quarto de descendentes, contemplava cada nariz, queixo e lóbulo da orelha e pensava nos nomes – os prenomes, os nomes do meio, os nomes de crisma –, um fluxo interminável de palavras para preencher o ar frio, tênue e vazio.

A oportunidade de ter uma família chegou quando ela estava fazendo compras na padaria. O padeiro era um solteirão, um homem que morava com a mãe – uma mãe que tinha morrido uma semana antes. A Nonna deu a ele uma das salsichas que acabara de trazer do açougue. Na visita seguinte, se ofereceu para lavar as camisas dele. Outro mês se passou e eles estavam casados e ela logo estava satisfeita, com um homem e um bebê em casa. Tempos depois, quando enterrou o marido e em seguida a filha, ela teve de encontrar alguma coisa para preencher o vazio: biscoitos, pãezinhos e cucas para os domingos. Ela despejava açúcar e media o sal.

Todos os dias, a Nonna via, com um misto de arrependimento e alívio, quando o neto ia para a casa dos Spordonza. Tinha visto seu destino chegando em uma xícara de Earl Grey. O chá caiu no pires e revelou uma tranqüilidade nada natural. Ela já testemunhara sua fácil serenidade: a mão que se queimou no forno, um braço quebrado em uma queda de bicicleta, um episódio grave de catapora a que resistiu sem uma única lamúria. As folhas úmidas e marrons formaram um rastro na porcelana e registraram o futuro de Ambruzzo.

Quando estava com quinze anos, Ambruzzo se apaixonou. O nome dela era Amy Stackenfrach, uma ruiva que se sentava diagonalmente em relação a ele na aula de história americana do terceiro período. Amy tinha um sinal na base do pescoço na forma de uma oval torcida. Parecia uma boca bem pequenininha e, quanto mais Ambruzzo olhava para ela, mais sentia o impulso de colocar o dedo ali.

Com freqüência, ele via os rabiscos de Amy de relance – desenhos furiosos em caneta azul-escura. Um dia, em linhas pesadas que deixaram sulcos no papel, ele deduziu que eram a cabeça e os ombros de um bisão. Ambruzzo enfiou um dedo no bolso, tocando a borda da moeda que o homem do terno listrado tinha dado a ele. Criara o hábito de levá-la para todo lugar – dentro do casaco, no sapato, na meia – e sentir o entalhe do búfalo com os dedos. Ambruzzo agora sabia rolar a moeda de um lado para outro pelos nós dos dedos, um peixe prateado escorregadio. Durante a missa, ele a sentia no bolso da camisa, subindo e descendo. Ela repousava levemente ali, tão macia quanto a hóstia da comunhão em sua língua.

Verdadeiros animais

Ele ainda tinha os sapatos da Sra. Fabrizio, escondidos no canto do armário. Quando era mais novo, pegou um e dormiu com ele, o salto apertando seu queixo. Tempos depois, ele pegou os sapatos novamente, esfregando o suave cetim amarelo no peito e na parte interna e macia de seus braços tarde da noite, quando não conseguia dormir.

"Debandada", a professora de história estava dizendo. "Debandada." Ela puxou mapas das nações das pradarias. Usava um ponteiro para ilustrar o movimento. Pediu a Ambruzzo para nomear as tribos. Ele conhecia três: Apache, Chippewa e Sioux.

Depois da escola, ele seguiu Amy Stackenfrach à casa dela. Esperou nos arbustos até escurecer, depois foi até a caixa de correio e espiou as cartas do Sr. Stackenfrach e os catálogos e revistas da Sra. Stackenfrach. Enfiou a conta de telefone no bolso e escalou um ácer no jardim. Viu Amy fazer o dever de casa na mesa da sala de jantar e, quando ela coçou o nariz, ele também tocou o seu, fingindo que era um sinal entre eles.

No dia seguinte, perguntou a Amy o que ela sabia sobre búfalos.

– Na verdade chamam-se bisões – explicou a menina. – Os índios usavam a língua deles para escovar os cabelos.

Ambruzzo disse que isso era legal. Ele perguntou se podia comprar um milk shake para ela. No Dairy Queen, ele lhe mostrou seu níquel.

– Oh – disse ela. – Bacana. – Ela o pegou da mão dele, lambeu-o e o fincou na pálpebra. Ambruzzo o viu brilhar ali e sentiu o estômago desabar. Ele a ouviu explicar como transformar couro em tendas, chifres em frascos de remédio, tripas em bolsas para tabaco.

– Você fuma? – ela perguntou a Ambuzzo.

Ele sacudiu a cabeça.

– Devia. Você parece um gângster.

Ambruzzo olhou suas mãos. Eram grandes, os dedos curtos e troncudos.

Ele começou a fuçar regularmente a lata de lixo dos Stackenfrach. Descobriu que o pai de Amy tinha uma queda pela cerveja, que a mãe de Amy pagava as contas e que toda a família confiava muito nos copos descartáveis Dixie. Também encontrou tiras de papel cobertas de caneta azul-escura e, nelas, os primórdios de cartas de amor riscadas.

> Querido Joe:
> Você não me conhece, mas eu conheço você.

> Querido Charlie:
> Oi.

> Querido Mark:
> Pode parecer estranho, mas...

Ambruzzo as leu repetidamente. Riscou os nomes e tentou colocar o seu próprio. Parecia estranho e sua caligrafia era horrorosa perto das linhas bem-feitas de Amy. Isso fez com que ele se sentisse como um fracassado. Ele preparou uma lista, comparando-a com a chamada da escola. Joe e Mark foram transferidos para outros distritos. Charlie deixou a escola e se alistou na Marinha.

Depois do secundário, a família Spordonza mandou Ambruzzo a Bolonha para treinamento. Ele escrevia cartas a Amy Stackenfrach, a que ela educadamente respondia de sua pequena faculdade particular na Costa Oeste. Ele falava do clima e não do que estava aprendendo: sufocamento. Seguir as pessoas. Atirar coisas para longe. Misturar-se a uma multidão de transeuntes, as palavras em um quadro, uma brisa soprando lenta pelas folhas de uma árvore.

Ambruzzo gostava de reler as cartas de Amy. Às vezes, ela escrevia suas respostas nas margens da mesma folha de papel que

Verdadeiros animais

ele com tanto cuidado escolhera, dobrara e enviara a ela. Amy escrevia sobre o professor de arte, sobre o cheiro do rio, sobre a tribo watusi e os meninos que ela namorava. Ambruzzo perguntava o nome deles, onde eles moravam, se ele podia ir visitá-la. Ela devolveu sua carta seguinte sem abrir com um bilhete perto do selo: *Por favor, não me escreva mais.* De certa maneira, isso facilitava a vida de Ambuzzo. Era como se um buraquinho em sua armadura de gelo tivesse subitamente se fechado e, agora, ele era uma superfície sólida e vazia. Ambruzzo ascendeu ao topo de sua turma. Foi colocado no treinamento especial – de eletrocussão a dardos de veneno. A Nonna lhe mandou pelo correio um santinho com a oração de Santo Antônio de Pádua. *Eu estou bem*, ela escreveu. *O pão também está bem. Quando você vem para casa? Onde está minha família?* Ambruzzo mantinha o Santo Antônio na mesa-de-cabeceira e tentou pensar em coisas que desejava.

Sua primeira tarefa profissional foi pequena: Louie Morona, um caloteiro de quarta classe que se transformara em prova do Estado e entrara no programa de proteção a testemunhas. Ambruzzo seguiu seu rastro de Nova York a Hayward, no Wisconsin. Descobriu Louie na reserva indígena Ojibwa, tentando passar por nativo americano.

Ambruzzo usou o cinto para estrangular Louie no milharal atrás do cassino. O cinto era novo, Ambruzzo o tinha comprado naquele dia, no centro de Hayward. Era de bom tamanho e se ajustava muito bem ao espaço entre o pomo-de-adão de Louie Morona e a base de sua garganta. Ambruzzo decepou os dedos das mãos e dos pés de Louie, atirou uma vez em seu rosto e largou o corpo no lago Courte Oreilles. Ao sair da cidade, parou na agência dos correios e enviou os dedos de Louie por entrega noturna a Martin Spordonza.

Quando viajava de volta para o Leste, Ambruzzo pensou em duas coisas: nos sapatos amarelo-canário da Sra. Fabrizio, esperando por ele no armário em casa, e nos pés de Louie Morona com os dedos decepados – em como eles pareciam pudicos.

★

Ele começou a usar terno. Trespassado, com colete combinando e gravatas largas. A Nonna disse que ele estava bonito. Ela ficou satisfeita de tê-lo em casa novamente. De manhã, Ambruzzo cuidava das batedeiras e dos fornos. A Nonna trabalhava até o meiodia, depois fechava para almoço; pão quente, tomates e um queijo picante e duro. À tardinha, ela fofocava e conferia a caixa registradora e Ambruzzo encontrava Spordonza no Sons of Italy.

Martin lhe falou do novo acerto cercado por *cappuccinos* e M&Ms. Ele separou os confeitos em pequenos grupos: marrom-escuro, marrom-claro, laranja, amarelo e verde. Cada cor designava um nível de poder. Marrom-escuro era para os soldados. Amarelo, os *consiglieri*. Martin deslizou um confeito verde pela mesa e Ambruzzo entendeu quem era o próximo: Rocco Briolli.

Rocco era chefe da família Briolli havia 25 anos, controlando o fluxo, a distribuição e a venda de toda a produção da cidade de Nova York. Oito milhões de pessoas precisavam de suas frutas e vegetais. Martin Spordonza queria parte do negócio.

Ambruzzo passou um mês se preparando. Acompanhou os movimentos de Briolli, sua rotina e seus passatempos e descobriu a oportunidade perfeita: um evento beneficente para a restauração dos dioramas de mamíferos norte-americanos do Museu de História Natural. Briolli, taxidermista amador, gostava de passear pelos cenários recriados. Era um patrocinador dedicado, pertencia ao conselho de curadores e mandou pessoalmente os convites.

Uma banda foi colocada na frente dos leões-da-montanha. O bar ficava próximo aos veados. *Hors d'oeuvres* circulavam no corredor dos pequenos mamíferos, pelo queixada e o arganaz de dorso vermelho. Ambruzzo vestia um smoking. Ele se sentou em um banco diante dos bisões. Havia cinco deles atrás da vidraça. Sua pelagem parecia empoeirada. O fundo pintado, que retratava o restante da manada, estava rachado e amarelado gra-

Verdadeiros animais

ças à ação do tempo. Ambruzzo ficou surpreso com o tamanho e, apesar das circunstâncias, do poder que emanavam.

No dia anterior, ele instalou secretamente uma arma automática dentro da cabeça de um urso pardo do Alasca, armada com um gatilho operado por controle remoto. O controle estava agora no bolso esquerdo de seu paletó e, quando Rocco Briolli parou na frente da vidraça para apontar o detalhe que precisava de algum trabalho – os lábios deviam ser repintados, o urso havia perdido várias garras –, Ambruzzo o pulverizou com um tiro curto e rápido.

O vidro que separava o urso dos convidados da festa foi estilhaçado. Duas balas furaram o peito de Rocco e outra zuniu por sua traquéia. Ele cambaleou, o sangue jorrando do buraco no pescoço, e Ambruzzo atirou novamente, dessa vez explodindo boa parte do crânio de Rocco enquanto derrubava dois executivos de Wall Street e um tenor do Metropolitan Opera de Nova York. Os homens de Briolli responderam aos tiros do urso, separando as pernas dianteiras e rasgando o enchimento. O urso tombou sobre sua companheira. Cacos de vidro cobriam o piso de mármore e os patrocinadores correram para as saídas, procurando refúgio na África e nas ilhas do Pacífico. Ambruzzo pegou uma taça de champanhe e subiu tranqüilamente as escadas, passando pelos dinossauros no caminho. Ele lamentou pelo tenor.

Esperando pelo anoitecer sob os ramos baixos de uma forsítia, Ambruzzo começou a questionar sua existência. Ele treinou a mira com um jovem e uma mulher, M&Ms marrom-claros e laranja. Estavam fazendo um piquenique. Uma garrafa de vinho era aberta entre as pernas da jovem. Havia sanduíches de pão de centeio e vidrinhos de mostarda e molho picante de tomate verde em cima da toalha.

Quando Ambruzzo voltou do campo de treinamento em Bolonha, perguntou a Nonna como era amar. Ela estava usando chinelos e enrolando nhoque para o jantar.

– Minhas mãos são velhas – disse ela. Ela as ergueu. Os antebraços eram grossos e cobertos de sinais. Ela os virou com um suspiro. – O amor é como morrer, é como dizer adeus.
Às vezes, ele pensa na pessoa que está matando. Às vezes não. O jovem casal espalha queijo nos biscoitos. Ambruzzo observou a garota limpar o farelo de pão dos lábios do rapaz com uma ponta do guardanapo. Ele ficou admirado que adultos fizessem isso pelos outros. Ele percebeu que esse era um ato comum. Tinha visto a mesma coisa através de sua mira em outras ocasiões: uma mancha de chocolate, um pingo de molho de tomate, um bigode de ponche havaiano.
Esperou que terminassem a sobremesa. Uvas sem sementes e biscoitos Chips Ahoy! A jovem começou a guardar as coisas na bolsa térmica. Ele atirou quando ela estava fechando o saquinho plástico. Pôde ver o fluido do picles se espalhando pelo gramado. Ela se encolheu tão calmamente que o jovem, sacudindo a toalha, não percebeu. Ambruzzo o pegou antes que ele pudesse notar.

A família Spordonza estava progredindo. Martin felicitou-se por sua prospecção e deu a Ambruzzo uma placa com título de PISTOLEIRO DO ANO. Martin estava pensando em se mudar para Montana e se dedicar à pesca. Visando à parte fiscal de sua aposentadoria, Spordonza deslizou outro M&M verde para Ambruzzo.
Sean O'Reilly era um italiano atarracado que fora criado por uma família irlandesa. Tinha feito fortuna com uma frota de cassinos flutuantes – barcos de apostas que pegavam passageiros na cidade e viajavam para além dos limites legais, entupindo os jogadores de comida e bebida no caminho. Ele possuía um helicóptero e comia lulas fritas religiosamente, afirmando que as funções neurológicas superiores das lulas abasteciam seu tino para os negócios.

Verdadeiros animais

Ambruzzo conseguiu facilmente um emprego como crupiê de vinte-e-um, bem a tempo de participar do festival anual gaélico de O'Reilly. Exigia-se que todos os crupiês usassem chapéu-coco verde e decorassem algumas frases em gaélico, como "*Céad mile áilte*" e "*Erin go bragh*". Sean percorria as mesas com um terno brilhante, o salão estava tomado por membros da tribo indígena pequot. Propunham um ramal ferroviário para ligar Foxwoods diretamente à cidade. A freqüência do cassino aumentou. O'Reilly conseguiu que os jogadores voltassem correndo para recuperar as perdas. Os advogados chegaram para fechar o negócio.

Sob o chapéu-coco verde, Ambruzzo tinha escondido uma pilha de cartas com lâminas nas margens. O'Reilly passou por sua mesa e Ambruzzo tirou o maço e lançou as vinte e duas cartas. Espadas e paus voaram pelo ar e pararam em braços, testas, pescoços e mãos. O cacique dos pequot ganhou uma rainha de ouros na bochecha. Um dos advogados tinha um três de copas na orelha. Houve uma confusão, gritos, pessoas se derrubando aos socos enquanto Ambruzzo escorregava para debaixo da mesa.

Sean O'Reilly tinha levado um valete de paus na sobrancelha esquerda. Enquanto o arrancava, sentiu uma pancada aguda sob a bochecha enquanto a bala da Beretta de Ambruzzo quebrava sua mandíbula e abria caminho para o cérebro. Ele desabou e, na comoção, ninguém percebeu. Ambruzzo retirou o silenciador da arma, deixou o chapéu-coco debaixo da mesa e rastejou para fora.

No convés, as ondas batiam na lateral do barco. Ambruzzo se manteve nas sombras, parando por um momento para ver se havia sido seguido. A lua estava cheia e, enquanto ela dançava na água abaixo dele, Ambruzzo se lembrou do medo que tinha dela. Quando era menino, tinha pesadelos com a lua perseguindo-o. À noite, indo para casa a pé, ele a sentia em seu ombro, sentia a velocidade com que vinha para ele e corria desabalado. Ambruzzo prendeu a respiração. Ninguém o havia seguido. Desamarrou um bote de borracha, colocou-o na água e se soltou.

*

No velório da Nonna, Ambruzzo pensava em farinha de trigo, fermento e água quente. Sentou-se no banco da frente, entre Martin Spordonza e os membros da turma de bocha da avó. Ela teve um colapso no meio de um arremesso, a bola pesada rolando de seus dedos e caindo a centímetros do marcador na grama. A leitura do Velho Testamento era do Livro dos Juízes: "As almas dos justos estão nas mãos de Deus." Martin cuidou de tudo. Um caixão de mogno, forrado de cetim. Um revestimento hermético de aço reforçado para o sepultamento. Ele mantinha a mão no ombro de Ambruzzo e percebeu, com o decorrer da missa, que esse gesto de conforto era para si mesmo. Puxou um lenço e chorou.

Ambruzzo Spagnetti se sentou no banco duro de madeira e não sentiu nada. Por dias, ele tinha ouvido outras pessoas chorarem. No velório, uma fila comprida de enlutados serpenteava do genuflexório do caixão, atravessando o salão da funerária, saindo pela porta, passando pelo estacionamento, descendo a calçada e se embolando para além da casa do padre, onde as senhoras da congregação davam tapinhas nos ombros e ofereciam xicrinhas de café. Ambruzzo ficou sozinho na cabeceira do caixão, resistindo aos abraços e palavras de conforto, e esperou que seu pesar chegasse.

Ainda estava esperando. Tinha dado o beijo de despedida na Nonna antes de o caixão ser fechado e a bochecha da avó estava pegajosa e resistiu a seus lábios. Horas depois, no enterro, Ambruzzo ainda podia sentir a dureza e ficou preocupado com o fato de isso não o entristecer. Passou a ponta dos dedos na boca. Martin soluçava ao lado dele, escondendo o rosto no chapéu, as lágrimas manchando o forro de seda fina de seu Borsalino.

Amy Stackenfrach chegou, empurrando os dois filhos pequenos em um carrinho pelo corredor de mármore. Uma das crianças estava dormindo. A outra chupava os dedos. A mãe

Verdadeiros animais

andou rapidamente até o altar e os estacionou na frente do confessionário.

— Estou casada — disse ela mais tarde, durante a recepção no porão da igreja. Ela testou a temperatura de uma mamadeira com o pulso. — E estou feliz também.

Ambruzzo disse a ela que ficava feliz com isso. Ele viu quando o leite pingou do bico de borracha, deslizou pelas nervuras delicadas até a base da mão dela e espiralou em volta do osso. Ele lhe perguntou o nome do marido. Perguntou onde ele trabalhava. Perguntou a que horas ele em geral estava em casa. Amy respondeu, depois colocou os filhos no banco traseiro de sua minivan. Ela estendeu a Ambruzzo um tubo de papel-cartão e disse que lamentava muito.

Mais tarde, naquela noite, Ambruzzo abriu o tubo. Dentro, havia um desenho a carvão de um búfalo. O animal estava pastando, a pesada cabeça lanosa inclinada em direção à relva da pradaria.

À noite, começou a recitar o rosário.

De Montana, Martin Spordonza escreveu uma carta a Ambruzzo. Estava sentado junto a um rio. Havia montanhas atrás dele. Sentia-se perto de sua alma, mas perdeu o antepasto. Pedia a Ambruzzo para lhe mandar carne italiana fresca, um vidro de azeitonas e um pedaço de Parmigiano-Reggiano. Como a família não estava mais sob sua supervisão, não disse sequer uma palavra sobre o acerto com Rocco Briolli. Martin esperava uma retribuição. Disse a Ambruzzo que ele era seu pai.

Quando seguia a pista do marido de Amy, Ambruzzo o achou magro e com um jeito perturbado. Como seria fácil, pensou ele, atropelar este homem. Na mira do rifle de Ambruzzo, o marido de Amy coçou o nariz. Pegou as chaves do carro e destrancou a porta. Atirou a pasta no banco traseiro, entrou, deu a partida no carro, parado na beira do estacionamento, virou e deslizou para o trânsito. Estava assoviando.

Naquela noite, Ambruzzo tentou novamente. Trepou na árvore perto da lateral da casa de Amy. Ele podia ver dentro do banheiro. O marido de Amy estava escovando os dentes, encarando-se no espelho. O homem escancarou a boca e se retorceu para um lado, depois para outro, enquanto tentava alcançar os molares. No quarto ao lado, Amy estava sentada na beira da cama, vestindo um roupão de banho. Ela se levantou, foi até a janela e a abriu. Ambruzzo estava a cinco metros de distância.

Amy parecia cansada. Havia rugas em volta dos cantos da boca que a deixavam com uma expressão carrancuda. Os cabelos estavam presos frouxamente em uma trança. Ela colocou as mãos no peitoril da janela, depois as retirou e as cruzou sobre o peito. Virou-se para o banheiro e, quando estava prestes a sair, olhou novamente para a noite, onde Ambruzzo se escondia, e acenou.

No Sons of Italy, Ambruzzo soube que estava sendo seguido. A família Briolli, junto com o elenco e a equipe de *Tosca*, tinha contratado uma turma para tirá-lo de circulação. Ambruzzo recebeu as notícias calmamente. Pediu um sanduíche. Mordeu o pão duro e crocante, e sementes de tomate grudaram em seus dentes. Ele passou a língua pelos caroços minúsculos. Não fez nenhum esforço para retirá-las.

Ambruzzo ainda estava esperando sentir alguma coisa. Não havia nada dentro dele, só uma vibração surda através da armadura de gelo, entretanto, na escuridão do jardim de Amy Stackenfrach, com a casca da árvore contra suas costas, ele tinha chegado perto. Ela o cumprimentou com um gesto. Quando ele percebeu que queria retribuir o aceno, ela se virou, foi para o banheiro e passou os braços em volta do peito do marido.

Verdadeiros animais

Ambruzzo guardou a arma. Livrou-se das facas, das correntes, das machadinhas. Doou as furadeiras elétricas para uma organização de caridade, junto com a serra circular e o freezer portátil. Jogou na privada a coleção de cianetos e barbitúricos. Mandou todas as luvas pretas de couro para a lavanderia e nunca as pegou.

Ele estava na padaria da Nonna. Tinha 34 anos. A caixa registradora tilintava exatamente como fazia quando ele era menino. Já havia escurecido. A lua aparecera. O tiro atravessou a vitrine da padaria.

Ele estava esperando por isso. Para passar o tempo, tinha lido os livros de receitas da Nonna. Nas margens, descobriu anotações na caligrafia forte da avó, acentuada com pontos de exclamação: *Limão, não baunilha! Duas pitadas de bicarbonato de sódio! Nozes! 350º! 1/4 de xícara de leite!* Ambruzzo ouvia a voz, insistente, gritando essas orientações. Ele virou as páginas, olhando para a própria mão.

Sempre há um momento, antes de uma pessoa morrer. Ambruzzo começou a pensar em marzipã. Olhou os ingredientes: pasta de amêndoas, clara de ovo e açúcar de confeiteiro. Quando era menino, Nonna enrolava a massa e a cortava em forma de moedas. Ambruzzo marcaria o doce com carimbos – flores, cruzes e ursinhos – sua moeda pessoal. Ele os comeria, um depois do outro, até que o sabor ficasse indistinto e ele não pudesse mais sentir a doçura.

Havia farinha na bancada. Ambruzzo mergulhou os dedos nela e a esfregou. Podia sentir o pistoleiro à espreita do outro lado da vitrine, a posição cautelosa da arma. Ele abaixou o livro, ergueu a cabeça e girou os ombros. Se o tiro for certeiro, acertará seu coração.

Conversa de perus

A mãe de Joey Rudolph era a única garçonete no único restaurante da cidade. Quando engravidou, passou a ser um dos assuntos mais discutidos pelos vizinhos. Correram boatos de que o pai da criança era um soldado morto na guerra. Alguns diziam que ele era um vendedor ambulante. Outros suspeitavam de que era alguém da cidade, um homem que já teria uma família. De qualquer maneira, a mãe de Joey não foi para um lar de mães solteiras e não pegou um ônibus para o centro com um endereço borrado apertado em sua mão. Ela continuou na casa em que vivia com a mãe viúva e continuou servindo às mesas até que a barriga começou a aparecer. Ela não foi para um hospital. Teve o bebê na cama em que passara a infância e, quando ouviu Joey chorar, pediu à mãe que o tirasse dali. O menino nunca foi batizado, mas sua mãe aparecia em todos os eventos da igreja e o plantava entre as outras crianças como uma ameaça.

— Como foi que ele acabou no seu grupo? — quis saber a mãe de Danny Minton.

— Eu não o escolhi — disse Danny. — Foi determinado pelo professor.

— E o Ralph Kurtz?

— Todos estão no mesmo grupo. É só para a aula de história.

— Danny cobriu a cabeça novamente com a toalha e se inclinou sobre a panela de água fervente no fogão. O vapor cercava seu rosto e formava espirais da bainha do tecido felpudo. Atrás dele, à mesa da cozinha, o pai revirava o jornal ruidosamente.

— Provavelmente você vai ter que fazer todo o trabalho sozinho — disse a Sra. Minton. Ela esfregou o ombro de Danny. Bateu outra vez em seu peito.
— Como está agora?
— Estou bem.
— Não, não está.
O som das folhas de jornal sendo reviradas pelo Sr. Minton ecoou pela sala.
— Eu sei que Ralph é seu amigo, mas lembre-se do que aconteceu com a mãe *dele* — a Sra. Minton tentou explicar. — Esse tipo de maluquice é de família.
— Ele tira as melhores notas de toda a escola.
— Isso porque o pai dele conserta de graça o carro do diretor.
Danny inalou o vapor que saía da água. Ele sabia por que Ralph ia bem na escola. Era porque o pai de Ralph batia nele quando ele não se saía bem.
O Sr. Minton moveu mais uma página, repetindo o ruído. A esposa foi até a mesa da cozinha e pegou o jornal.
— Você não se importa com o futuro do nosso filho?
— Eu já sei qual será o futuro dele — disse o Sr. Minton. — Ele vai trabalhar bem aqui, para mim.
Quando voltou da guerra, o Sr. Minton tinha planos de ser poeta. Mas sua esposa estava grávida e seu pai era velho e alguém tinha de cuidar da criação de perus. Por treze anos ele fixou cercas, martelou viveiros, preparou a ração e ceifou os campos — sentando-se atrás do trator com uma careta, as lâminas de aço fatiando a relva como carne. Quando chegava a época do abate, ele guardava as aves em caixotes e contratava um caminhão para levá-los ao matadouro. Alguns dias depois, já no mercado da estrada, elas eram depenadas, preparadas e congeladas no mercado da estrada.
Seu filho, Danny, era alérgico a perus. Isso era evidente para qualquer um, menos para o Sr. Minton, que estava convencido de que a constante doença do garoto se devia a preguiça e falta de caráter. O Sr. Minton culpava a mulher por mimar o filho,

Verdadeiros animais

por deixá-lo fraco, por gastar demais em aspiradores de pó de alta potência. A Sra. Minton substituiu os travesseiros de penas por espuma, os cobertores de lã por colchas de algodão. Estocava Vick Vaporub e insistia em consultar um médico. Ela colocava a mão na testa de Danny e, enquanto isso, ia crescendo a decepção do Sr. Minton com o filho, oculta dentro dele como um quisto.

Na hora em que Danny chegou à biblioteca, Ralph já estava lá, à mesa do centro na sala de consulta, cercado por imensas pilhas de livros. Ralph Kurtz era um menino tranqüilo de unhas sujas. Era também o melhor amigo de Danny Minton. Ele sabia quando contar com ele (dois meninos com bastões) e quando se afastar (uma menina com cobertor). Sua mãe estava em um sanatório em North Hampton. Depois que deu Ralph à luz, ela parou de usar roupas e começou a ouvir vozes. O Sr. Kurtz entregou-a aos cuidados do Estado e criou Ralph sozinho no posto de gasolina da família.

– Cadê o Joey? – perguntou Danny.

Ralph virou uma página de *História da produção de carne*.

– Nos periódicos.

Danny olhou por sobre as prateleiras localizadas nos extremos da sala onde ficavam acomodados os jornais e as revistas, que eram encapadas em plástico. Joey estava lendo a última *National Geographic*. Ele gostava de colecionar mapas e os rasgava das edições se a bibliotecária não estivesse olhando. Quando sua mãe trabalhava no turno da noite, ele os espalhava na mesa da cozinha e se imaginava indo àqueles lugares.

– Olha só isso – disse Ralph. Ele empurrou para Danny um livro que estava lendo. Na página havia uma série de fotografias de aves sendo abatidas em uma fábrica – penduradas pelos pés em uma correia rolante, enfiadas em um tonel de água fervente.

– Por que fazem isso?

– As penas saem mais facilmente.

— Mas elas ainda estão vivas.
— O cérebro delas é minúsculo — disse Danny. — Meu pai diz que elas não sentem quase nada.
— É uma brutalidade — insistiu Joey, chegando por trás dele.
— É assim que é o interior de um matadouro?
— Eu nunca fui a um — respondeu Danny. A mãe dele não permitia.
Ralph deu a cada um deles uma folha de papel.
— Andei preparando uma lista de temas.
— Eu fico com as aves mortas — comunicou Joey.

Quando terminaram o trabalho, os meninos foram à fazenda dos Minton para almoçar. Lá, a Sra. Minton os alimentou com sanduíches de rosbife. Ela perguntou pelo pai de Ralph, mas não falou com Joey. Danny sabia que seria castigado quando os outros fossem embora.

Depois de comer, os meninos foram para fora e começaram a provocar as aves, correndo junto às cercas, fingindo ter comida, os perus seguindo-os de um lado para outro como cardumes de peixes, como que hipnotizados.
— Eles fedem pra caramba — disse Joey.
Danny assentiu, embora seu nariz estivesse entupido e ele não sentisse o cheiro de nada.
— É a bunda deles.
— Eles têm nome?
— Pra falar a verdade, não — disse Danny. — Só ficamos com eles por umas doze semanas.
Joey pegou uma vareta e começou a bater com ela na cerca. Os perus observavam, balançando o pescoço para cima e para baixo no mesmo ritmo, como se concordassem em silêncio com a idéia de alguém.
— Peraí — disse Ralph. — Ouviu isso?
Danny espirrou.
— Não ouvi nada.

Ralph colocou os dedos nas têmporas. Fechou os olhos.
– Estou recebendo uma mensagem dos perus.
Danny deu uma risadinha.
– E eles dizem o quê?
– Por favor, não ferva a gente.
– Ah, qual é.
– Estão dizendo que a gente devia ir para Hollywood.
– Pra quê? – Joey cutucou um grande macho branco do outro lado da cerca com sua vareta. A ave olhou para ele, virou a cabeça para ver com um olho e depois com o outro.
– O sinal está sumindo – disse Ralph, franzindo a testa, os olhos semicerrados. – Peraí, peraí, captei. Eles dizem que é lá que seu pai está.
Joey o empurrou com força para a cerca. Ralph bateu na estaca e caiu. Depois de um momento, Ralph se levantou sobre os joelhos. Seu lábio estava cortado. Os perus se reuniram atrás dele, querendo ser alimentados.
– Você tem sorte de eu não bater em gente doida.
Ralph se levantou. Limpou as roupas.
– Desculpe.
Joey deu de ombros e atirou a vareta longe. Um grupinho de perus irrompeu da turba e correu atrás dela.
– Eles dizem que ele é um astro do cinema – disse Ralph, baixinho.
Joey se virou.
– Qual deles?
– Robert Mitchum.
– Ah, sem essa.
– Você é meio parecido com ele – disse Danny.
Joey tocou a covinha do queixo com um dedo.
– Besteira – disse ele. Mas havia uma parte dele que queria acreditar. Danny e Ralph podiam ver esse ponto fraco de Joey mesmo quando ele começava a rir para encobri-lo.

★

O trabalho estava um desastre. Danny só datilografara metade de suas anotações. Joey recitava uma descrição horripilante da fábrica da morte e Ralph tentou salvar o dia cantando uma música do movimento trabalhista. A Sra. Johnson deu a eles um C menos.
— O que é que preocupa tanto você? — perguntou Joey. — A gente passou.
Ralph mordeu os dedos.
— A culpa é minha — disse Danny. — Quer que eu assuma isso e fale com o seu pai?
Ralph sacudiu a cabeça. Tinha feito de propósito. Havia uma parte dele que sempre queria fazer a pior coisa possível e, quando terminava, ele se afastava e olhava, assustado e sabendo qual seria o seu destino.

Quando colocou o boletim na mesa, seu pai se inclinou para trás na cadeira e apertou os braços cruzados contra o peito. O Sr. Kurtz fora criado em um orfanato, onde era espancado diariamente. Seu nariz se quebrara em três lugares. Ele raramente falava e, quando o fazia, era para insultar alguém. Se houvesse outro lugar para comprar gasolina na cidade, as pessoas iriam até lá.

Quando foi obrigado a colocar a esposa em um sanatório público, o Sr. Kurtz decidiu que seu filho teria sucesso. Ele não queria que Ralph fosse um mecânico, que aprendesse a separar peças e a juntá-las de novo. Queria que seu filho fosse para a faculdade e ganhasse muito dinheiro para que sua mulher pudesse ficar em um sanatório particular, onde os pacientes não eram acorrentados nas paredes. Ele queria que Ralph tivesse um futuro bem diferente do dele, uma vida que não se resumisse a uma oficina. O menino estava parado de pé diante dele agora e o Sr. Kurtz viu as partes de si mesmo — inúteis, incertas — que ele queria esquecer. Começou a esfregar o nariz. Ralph se animou. Sabia que esse seria o fim.

Mais tarde, Ralph fugiu pela janela de seu quarto e foi de bicicleta à fazenda dos Minton. Havia uma luz fraca no jardim.

Verdadeiros animais

Ele sentiu cheiro de feno e o aroma úmido de penas soltas. Agachou-se perto da cerca.

Um pequeno grupo de aves movia-se pelo pátio, as fitas ondulando como pêndulos na brisa. O luar refletia no branco das asas. Ralph prendeu a respiração quando os perus se aproximaram dele. Podia ver a borbulha de pele na cabeça deles. A superfície parecia moldável, como cera vermelha derramada. Observavam Ralph como se já soubessem de suas intenções.

– Será que estou maluco? – perguntou ele.

Ele podia sentir os perus se aproximando.

A Sra. Minton estava parada à soleira da porta, forçando um sorriso. Joey Rudolph estava na varanda da casa e procurava pelo filho dela. Ela se perguntava por que o professor tinha colocado os meninos juntos: uma criança maluca, um bastardo, o filho doente de um criador de perus. Eram todos das redondezas. O que quer que acontecesse a Danny, ela acharia que a culpa era dela.

– Ele está limpando os viveiros.

O Sr. Minton tinha flagrado o filho na cozinha no horário em que o menino deveria estar nos campos. Agora Danny estava limpando montes de esterco e penas dos viveiros de madeira e os empilhando com um ancinho. Ele cobria o nariz e a boca com um lenço. Os perus se amontoavam para se afastar dele, gorjeando impacientes.

– Eu andei pensando – gritou Joey quando chegou perto o suficiente. – Talvez a gente devesse fazer uma viagem ou alguma outra coisa do tipo.

– Pra onde?

– Bom – disse Joey da cerca –, bem longe daqui, para começar.

Danny pensou no modo como o pai o olhou quando entrou na cozinha. "Inútil", tinha gritado o Sr. Minton. "Você não se importa com nada!" Mas Danny se importava com muitas coisas. Ele estava com catorze anos. Ele se importava com o

que o pai pensava, se importava em agradar a mãe, se importava em perder a virgindade e se importava com os amigos.
Ouviu um barulho de pés se arrastando em um dos viveiros. Danny deu um pulo. Ergueu seu ancinho e o segurou acima do ombro, como um bastão. Ralph se arrastou de gatinhas para fora da pequena soleira, piscando para a luz. Tinha as calças manchadas de guano e penas presas nos cabelos.
– O que aconteceu? – perguntou Danny.
Ralph deu de ombros. Um fio escuro serpenteava por sua bochecha e o lábio estava inchado e azul-claro. Ele tocou o olho delicadamente com a ponta dos dedos, como se o estivesse medindo.
Danny lhe ofereceu seu lenço, depois fungou e o tomou de volta. Os meninos ficaram em silêncio por um momento, olhando os perus que aproveitavam o clima da primavera. As aves gorjeavam. Andavam empertigadas. Esticavam o que em breve seriam suas coxas assadas.
– Quando é que você quer ir? – perguntou Ralph.

Os meninos saíram antes do amanhecer. As estradas estavam vazias e o asfalto, molhado de sereno. Danny podia sentir em seu bolso o dinheiro que roubara da carteira da mãe. Quando se aproximou do posto de gasolina, viu Ralph parado diante das bombas com uma lanterna, uma capa de chuva amarela com o capuz puxado para cima e um par de óculos de proteção afixado na testa.
Juntos, os meninos levaram o velho Chevy do Sr. Kurtz para a rua. Ralph segurava o volante através da janela do motorista e Danny empurrava de trás. Eles continuaram com isso até chegarem ao cruzamento, onde estacionaram o carro na grama e esperaram. Ficaram de olho no campo e logo viram Joey vindo por ele. Trazia um cobertor e uma lancheira.
Durante dias eles viveram de sanduíches de pasta de amendoim. Estacionavam em paradas de caminhão para urinar e

Verdadeiros animais

tomar café. No caminho, Joey ensinou Danny e Ralph a dirigir, saindo dos limites de estradas vicinais, afogando o motor nos cruzamentos, rangendo as marchas. Encontraram um posto do Exército da Salvação e tomaram banho. Comeram um saco de marshmallow depois do outro. Contaram piadas, histórias, truques que tinham aprendido quando crianças e coisas da vida deles que nunca souberam nem pensaram que um dia diriam a alguém, movidos apenas pelo simples tédio causado pelo passar das horas.

O pneu estourou perto de Amarillo. Foi uma bela explosão. O Chevy atravessou a estrada trepidando como se de repente um fantasma tivesse se apoderado dele. Joey puxou os freios e o carro deu um solavanco, depois rangeu até parar, a borracha que restava do pneu batia no asfalto. Do lado de fora, a terra era de um vermelho profundo, tocada por pedaços de arbustos meio macilentos espalhados pelo espaço infinito como um bando de aves desoladas. Os vidros estavam cobertos de poeira e a estrada seguia reta até o horizonte.

Os meninos se sentaram no capô do carro e ouviram o motor palpitar. Estava quase na hora do jantar. Dividiram um sanduíche de pasta de amendoim e um cigarro em três partes e esperaram pacientemente por ajuda, como crianças. Não tinham dúvida de que a ajuda chegaria. Uma hora depois, quando viram o lampejo do sol poente atingir o pára-brisa de um caminhão distante, Joey tirou a camiseta, agitou-a sobre a cabeça e gritou.

Eles se alternavam na direção quando chegavam a novos lugares. Joey pegou Elk City, Santa Rosa e Kingman. Ralph pegou Shamrock, Albuquerque e Needles. Danny pegou Tulsa, Gallup, Barstow e todo o caminho até o Lay-Z Motel (não há vagas), um pouco depois de San Bernardino.

Eram três e meia da manhã quando eles bateram na placa do hotel. Ralph estava esticado no banco traseiro e acordou quando atingiu o chão, vencido pelo vento e com o vidro picando sua pele. Ele podia ver os pés de Danny. Em algum lugar por ali, ouviu um som de asfixia. Mais tarde, soube que Joey estava dormindo no banco do carona com a cabeça na janela. O impacto o atirou para a frente e seu pescoço atravessou o chassi.

Nos dias que se seguiram, uma grande mancha preta se espalharia pela garganta de Joey Rudolph como se ele tivesse sido estrangulado e libertado de má vontade. Não conseguiria engolir. Sua voz se transformaria em um sussurro irregular quando ele dissesse o próprio nome, letra por letra, à polícia. O homem da caneta se curvaria e procuraria escutar mais de perto para conseguir ouvi-lo.

Nenhum dos meninos tinha carteira. Foram colocados temporariamente na delegacia. Ali Ralph roía os dedos, Danny chutava a parede e Joey se inclinava para trás na cama de lona e ficava olhando o teto. A pintura estava cheia de manchas e ele se perguntou se eram de óleo ou de água. Depois, afastou o rosto para que os outros meninos não o vissem chorar.

— Acho que dormi — disse Danny.

— Você acha? — Ralph arrancou um pedaço de pele. — O que é que vai acontecer? — ele se referia ao momento em que os pais chegariam.

Danny andou e puxou a porta. Estava trancada.

— Eles vão matar a gente.

O Sr. Kurtz recebeu um telefonema da delegacia. A placa do Lay-Z Motel tinha sido destruída e o proprietário cobrava o prejuízo. Todos os meninos eram menores e tinham de ser libertados sob custódia. A denúncia seria feita em dois dias. Alguém ia ter de atravessar o país de avião e pegá-los.

A Sra. Minton sugeriu que só um dos pais fosse, mas os homens não lhe deram ouvidos. Eles não queriam que outra pessoa arrumasse a bagunça. Juntos, foram ao restaurante contar à mãe de Joey onde o filho dela estava. Eles passaram pela

Verdadeiros animais

Depressão. Tinham estado na guerra. Nas horas difíceis, é preciso cuidar de tudo sozinho.

No avião para a Califórnia, o Sr. Kurtz se sentou muito quieto e pensou nas diferentes maneiras de quebrar o braço do filho. Era a primeira vez em que estava num avião e ele não gostou. Contava as milhas enquanto viajavam e tentou calcular o quanto lhe custara cada milha. Todo o dinheiro que tinha economizado para Ralph ir à universidade estava sendo gasto nas passagens de avião – uma de ida, duas de volta. Agora, a única maneira de seu filho poder ir à universidade seria ganhando uma bolsa de estudos com suas notas. Ele precisaria escrever. Era por isso que o Sr. Kurtz planejava quebrar somente o braço esquerdo de Ralph.

O Sr. Minton se sentou ao lado dele e escreveu no verso de um saco de papel para vômito. Não era poesia. Era uma lista de todas as tarefas que ele obrigaria Danny a fazer quando voltassem, começando pelo velho anexo da casa e continuando por cada canto da propriedade; todas as tarefas mais pesadas e mais difíceis que ele guardava para si mesmo. O Sr. Minton espiou pela janelinha do avião. As nuvens rolavam em todas as direções. Ele lembrou de Robert Frost em "The Road Not Taken" e pensou: "Às vezes, você não tem saída."

Sem olhar para os filhos, os pais preencheram a papelada dos três meninos na delegacia, reuniram-se com os advogados constituídos e negociaram uma soma com o proprietário do Lay-Z Motel, quantia que dividiram entre eles. Depois, foram para um restaurante e compraram comida para todos. Os meninos estavam com fome. Pediram sanduíches e Coca-Cola. Os pais pediram chili e, cheios de raiva, rasparam as tigelas com a colher. Tudo o que havia de errado na vida deles foi atribuído àqueles pratos.

Quando terminaram, o Sr. Minton entregou um envelope a Joey.

– É da sua mãe – disse ele.

O menino o abriu. Dentro havia uma carta e quarenta dólares. Joey leu a carta. Depois a baixou e olhou para os homens.

O Sr. Minton limpou a garganta. O Sr. Kurtz fez sinal para a garçonete pedindo a conta. Eles pagaram pela refeição. Depois, cada um dos homens deu mais vinte dólares a Joey. Em seguida apertaram sua mão e desejaram-lhe sorte. Ralph e Danny nunca descobriram o que dizia a carta. Eles se perguntaram se tinha instruções para ir para a casa de um parente ou se trazia o endereço do pai de Joey ou se simplesmente dizia adeus a ele. O que aconteceu em seguida foi rápido demais – Ralph e Danny estavam partindo e Joey não. Eles não sabiam se isso era uma brincadeira ou um teste. Seus pais os seguraram pelos ombros quando passaram pelas portas de vidro do restaurante. Quando olharam para trás, viram Joey com sua garganta roxa, cercado de pratos vazios, cravado no reservado deserto como se já tivesse se transformado em lembrança.

No avião, enquanto as milhas começaram a se prolongar na distância, Ralph e Danny se sentaram desajeitados com seus cintos de segurança apertados. Era um tipo de excitação diferente. Os ouvidos estalavam, a barriga dava voltas e os dedos agarravam os braços das poltronas enquanto as asas mergulhavam. Quando se sentiam corajosos, olhavam pela janela. Quando a coragem não dava as caras, mordiam os lábios e pensavam em suas casas.

Eles voltaram à escola três semanas depois de terem partido. Ralph estava sombrio e tinha o braço em uma tipóia. Danny levou pontos no rosto, onde o vidro do pára-brisa o atingira. Juntos, eles se reuniram a seus colegas com um alívio incômodo.

Mais tarde, naquela semana, o zelador retirou a carteira de Joey da sala de aula. O homem abriu o tampo da carteira e vasculhou o que havia ali: um caderno com capa vermelho-escura, livros de inglês e história, um maço de cigarros vazio, um maço de papel quadriculado, um pentinho preto, alguns lápis quebrados e o que um dia foi um sanduíche embrulhado em papel vegetal – um monstro roxo, azul e verde de esporos e podridão que foi ulcerando, transformando-se e continuando a se desenvolver por todo o tempo em que o deixaram no escuro.

Verdadeiros animais

★

Quando o gesso foi retirado, o braço de Ralph estava pálido e murcho. Não parecia combinar mais com o direito. Ele foi à escola no dia seguinte com um postal de Flagstaff, no Arizona, que dizia: *Parece que leva mais tempo para voltar!*
— Tem meses! — disse Danny. — Ele está a pé? — Eles puxaram o mapa dos Estados Unidos na frente do quadro-negro. Danny marcou Flagstaff com um pedaço de fita adesiva. O cartão deu a volta pela sala, animou conversas e fez com que os outros se agitassem em suas carteiras. Eles perguntavam onde Joey tinha estado e o que fizera, mas principalmente pensavam — *ele está vivo* — e se perguntavam quando tempo levaria para ele chegar em casa.

Danny achava que eles deviam levar o cartão ao restaurante para mostrar à mãe de Joey. Ele estava tentando ser responsável. O Sr. Minton tinha colado o saco para vômito na geladeira e Danny cumpria cada item da lista, demolindo o velho anexo da casa, revolvendo um século de dejetos. Com a ajuda da mãe, ele comprou uma máscara respiratória por reembolso postal e a usava na fazenda durante todo o dia. Rangia os dentes quando espirrava, pensava em Joey e perambulava pelo campo, sentindo-se entorpecido. Tocou sua garganta. Não podia mexer o pescoço da mesma forma que seu amigo quando eles o deixaram.

Ralph relutou em abrir mão do postal. Ele não queria ir. Disse que a mãe de Joey não se importava.

— Foi ela que abandonou o Joey.

Danny foi ao restaurante sozinho à tardinha, quando sabia que não estaria muito movimentado. Sentou-se ao balcão e pediu um milk-shake. A mãe de Joey estava parada na entrada da cozinha e fumava um cigarro. Ela parecia um bolo numa vitrine, bonita, mas sem gosto.

— Com licença — disse Danny, apesar de saber a resposta. — A senhora é a mãe do Joey?

Ela baixou o cigarro e prendeu a fumaça por um momento antes de exalar. Estava maquiada. Danny podia ver onde ela reti-

rara um sinal na bochecha – uma erupção de pele mais clara, como uma casca depois de uma queimadura.
– Eu mesma – respondeu ela.
Danny estendeu o postal a ela. O sol do entardecer refletia nas bordas de metal da jukebox, no cromado dos porta-guardanapos. De repente, Danny pensou que não devia ter vindo. A mãe de Joey olhou o que ele lhe entregara e deu um sorriso forçado.
– Não é a letra dele – disse ela. – Nem tem o carimbo do correio. Está tentando ser engraçadinho?
Danny não sabia o que dizer. Agarrou-se ao copo de milk-shake. Seus dedos estavam frios e molhados, e ele se sentiu um idiota, porque entendeu que tinha sido Ralph quem fizera aquilo. A mãe de Joey jogou o cartão no balcão diante dele e se virou para limpar as mesas.

Quando Danny chegou em casa, Ralph estava esperando por ele. Danny lhe entregou o cartão e se sentou na cerca. Ainda eram amigos e ainda seriam amigos quando Ralph fosse para a faculdade e Danny engravidasse Samantha Rimes. Eles se veriam quando os pais tivessem derrames e a Sra. Minton pintasse o cabelo e se casasse de novo. Eles venderiam a fazenda e a oficina e se mudariam, imaginando como o outro estava e, mais tarde, parariam de pensar nisso.

Os perus corriam pelo campo. Bicavam-se quando chegavam perto demais um do outro. Ralph rasgou o postal de Flagstaff e os alimentou com os pedaços de papel.

– Não é comida de verdade – disse ele, mas os perus não se importaram. Só queriam botar alguma coisa para dentro enquanto pudessem. Outubro tinha começado, trazendo as noites frias e, muito em breve, eles estariam na mesa.

Como reanimar a cobra de sua vida

Ela ficou de herança. Uma jibóia de rabo vermelho colombiana deixada por um homem chamado Fred, que usa delineador preto e foi seu amante por algum tempo. Ela conheceu Fred na rua. Ele pegou um par de calcinhas que tinha caído na calçada, do saco que ela trazia da lavanderia. As calcinhas estavam manchadas e caindo aos pedaços – ela devia tê-las jogado fora há muito tempo – mas, então, ali estavam elas, nas mãos de um estranho.
– Estão limpas – disse ela. Foi só no que conseguiu pensar. Antes que terminasse de falar, ele as havia erguido até o nariz.
Ele parece inofensivo – Café? – e tem olhos azuis. Eles passam por uma cafeteria e ela o convida a subir. Já fazia anos que um homem não entrava em seu apartamento. Ela sentiu orgulho de si mesma, um pouco tonta e um pouco assustada por deixá-lo entrar. Ele se ofereceu para dobrar a roupa e, juntos, os dois abriram os lençóis pelo quarto, combinaram os cantos e os dobraram em fardos pequenos, a cada dobra aproximando-se mais.
– O que é isso? – ele apontou para um grande livro preto com uma caveira na capa.
– É do meu curso de anatomia – disse ela. – Eu cheguei a fazer medicina.
– É horripilante – ele abriu em uma página sobre dissecação facial. Havia uma foto de um cadáver. O homem está sereno, as pálpebras fechadas, os cabelos penteados, os lábios só um pouco azuis. Na página seguinte, a pele não estava mais lá, os músculos

separados por instrumentos de metal e identificados, a massa do branco do olho suspensa, desprotegida em suas órbitas.
— Por que largou?
— Não era minha praia — disse ela. Esse é o discurso que ela sempre repete. Ela não fala da insônia, do isolamento, da solidão. Ela não diz que foi por causa do Sr. Green.
Os alunos de anatomia tinham a tradição de dar apelidos aos cadáveres. Seu colega de laboratório sugeriu Sr. Green. Eles concluíram que o corpo era de um homem jovem, de no máximo quarenta anos, mas, no processo de conservação, a pele tinha se transformado de alguma maneira. Era cinzenta, com um toque de oliva. Sobrenatural.
— O Monstro do Pântano — disse o colega de laboratório.
A primeira tarefa era retirar o cérebro. Eles precisavam poupá-lo para o semestre seguinte, quando a turma passava a estudar o sistema nervoso. Uma serrinha de ossos circular foi usada para cortar o topo do crânio do Sr. Green. Ela chegou à cavidade e o cérebro encheu suas mãos. Uma seção estava escura e comprimida e, ao puxar a massa para fora, surgiu uma trilha de sangue. Mesmo através das luvas de látex ela podia sentir a textura, o peso encharcado de experiência. Ela pensou no Sr. Green dirigindo um carro, escovando os dentes, comendo uma salada, vestindo as meias. Pensou nele lendo livros, tentando se lembrar do nome de alguém, gritando as respostas enquanto assistia a *Jeopardy!*. Ela colocou o cérebro na bandeja e ele conservou seu formato, como um modelo de gelatina. Depois, ela se virou e desmaiou em silêncio.
Fred fechou o livro. Passou a mão sob a blusa.
— Está tudo bem?
Ela gosta disso, de ele perguntar.

A cobra chega em uma fronha. Fred a solta na banheira dela. Ela observa o animal evoluir para cima e para baixo pela porcelana. Faixas marrons cruzam seu dorso, clareando para o vermelho na

Verdadeiros animais

ponta da cauda. Dentro de cada marca há duas ovais brancas encarapitadas em cada lado de sua espinha. O senhorio de Fred não permitiu que ele mantivesse a jibóia em seu apartamento. Será que ela se importava? Ela não se importou. Eles montaram um terrário na estante. Lâmpadas de aquecimento, termômetros, um galho de árvore para ela escalar e uma pequena tina virada de cabeça para baixo para servir de toca. Ele alerta para manter a porta da gaiola sempre fechada. Na mesa da cozinha, em uma caixinha de comida chinesa, há um camundongo, arranhando o papelão com as garras. Mais tarde, ela vê o roedor ser devorado, ainda vivo, mas claudicante, como se conhecesse seu destino e se resignasse a ele.

Fred pinta as unhas dela de preto. Passa delineador nos lábios dela, deixando um contorno escuro e forte que faz com que seu rosto pareça o de uma boneca. Ele traz *bagels* de manhã e fica o dia todo estirado na cama, pegando sol. As botas com ponteira de aço estão no chão, o cinto desafivelado e o rosto nos travesseiros. Ao longo das costas dele há pequenos sinais e ela os lambe, deslizando a boca de um a outro, formando uma trilha.
Fred é um artista conceitual. Ele é vago com relação aos detalhes. Alguma coisa sobre ser um *outsider*, pertencer a lugar nenhum. Há pêlos bem pequenininhos em volta de seus mamilos.
– Sou secretária – diz ela.
– Não acredito.
Ela pega a blusa de seda, a saia do tailleur, os sapatos confortáveis, as pérolas. De repente, ela quer mostrar tudo a ele. Ele pega um conjunto e ela o experimenta nele, as meias-calças marcando sua cintura.
– Você parece um retardado.
Ela tem estado muito só.
À noite, ela volta ao apartamento e fica nua na frente do terrário, vendo a cobra digerir. Enfia a mão no terrário, toca a protuberância e tem quase certeza de que sente o camundongo

respirar. A cobra a olha preguiçosamente, deslizando a língua para dentro e para fora, e ela sabe que a jibóia está saboreando o ar por causa dela.

Fred a leva a um show. Há grupos de homens e mulheres do lado de fora do prédio, todos usando delineador preto nos lábios. Seus sapatos os erguem vários centímetros no ar – plataformas de espuma de borracha preta.

O bar é um corredor cheio de fumaça. Há luzes coloridas no final para o palco e uma pequena lâmpada perto da caixa registradora para o barman contar o dinheiro. Eles pegam bebidas e se enfiam em um reservado no canto. O jeans dele se contrai contra o joelho dela. A banda afina os instrumentos e começa a fazer barulho. Os ouvidos dela se fecham, como se estivesse embaixo d'água. E é aí que Fred a deixa. Ele se levanta para pegar outra bebida e não volta mais.

Enquanto a banda termina seu número, ela tem uma súbita sensação de perda, fica em suspenso, aquele momento estranho e instável de clareza antes de descer um lance de escadas. Fred deixou um maço de cigarros no reservado. Ainda havia um cigarro dentro dele e ela o dissecou, cortando o papel pelo meio, retirando o filtro, derramando o tabaco pela mesa entalhada e depois erguendo os dedos, querendo comer o aroma.

Naquela noite, ela destranca o terrário. É uma provocação, na verdade. Uma forma de mostrar que não tem medo. A cobra está na toca. Ela espera por um momento, para ver se o animal sentirá a liberdade e sairá. Como a jibóia não sai, ela coloca o telefone perto da cama, apaga as luzes e dorme.

Ela sonha com o Sr. Green. Ele está de pé, nu, aos pés da cama, o topo do crânio aberto e vazio. O colega de laboratório trabalhou bastante. A pele dos braços e das pernas foi retirada. Os tendões revelados. A musculatura marcada e rotulada. O Sr. Green lhe estende os braços e ela tem um sobressalto, consciente de alguma coisa nas cobertas. Encontra a cobra enrolada em

Verdadeiros animais

seus pés, a cauda envolvendo o tornozelo, um aperto reconfortante. Enquanto ela se recosta nos travesseiros, a pressão deslizante e móvel por seu tendão-de-aquiles se espalha para a perna e a faz se sentir pesada, oprimida.

Ela decide deixar a gaiola aberta. A cobra a recompensa por isso. O Sr. Green desaparece de seus pesadelos e as baratas que costumavam disparar pela cozinha somem. Quando abre o armário e a descobre misturada com as hastes das taças de vinho, sabe que a cobra não quebrará nada e, de fato, não quebra. A cobra desliza silenciosamente para seu ombro. Ela prende a respiração quando a jibóia passa por seu rosto – as escamas tão próximas – o branco uniforme do ventre do animal tocando a clavícula dela. O peso ali parece uma bênção e, quando a cobra serpenteia por seu braço e depois hesita, apertando-a, sem saber para onde seguir, ela vai até o sofá, para as almofadas sob as quais a cobra gosta de dormir, e a deixa sair com delicadeza.

No trabalho, ela organiza arquivos. Digita cartas. Prepara café, arruma guardanapos e cremeiras. A seu redor, as pessoas falam de planos para o fim de semana, times esportivos ou de programas de televisão. Quando a vêem passar, pedem clips de papel. Ela é encarregada de encomendar suprimentos de escritório, manter um registro de Post-Its e líquido corretor. As habilidades de memorização que lhe deixavam tão grata na faculdade de medicina agora são usadas para recitar tamanhos e cores disponíveis.

Quando quebra a fotocopiadora, um grupo se reúne perto da mesa dela, reclamando. Ela é a única que sabe que botões deve pressionar, os cantinhos onde os problemas tendem a persistir. Ela descobre o problema, perto do alimentador, um pedaço de papel dobrado como um acordeão. Os colegas tilintam xícaras de café e dão um tapinha nas costas dela.

Hannah Tinti

Essas são suas recompensas, o ponto alto de seu dia. O trabalho é fácil. Os colegas são boa gente e ela gosta deles. O chefe é gentil e se desculpa antes de pedir um trabalho. *Desculpe.* Como se cotejar fosse o trabalho mais difícil do mundo.

— Não se preocupe — diz ela. — Não tem problema.

Às cinco da tarde, ela tropeça quando entra no elevador. As pessoas se afastam, mas ninguém a ajuda, como se soubessem que ela estava fingindo. As portas se fecham e o elevador desce. Ela se senta por um momento no chão, sentindo o puxão, e pensa na cobra deslizando por suas coisas em casa.

O cheiro de Fred ainda está nos lençóis. Ela quase não nota quando surge, mas depois percebe. Ela não lavou os lençóis exatamente por esse motivo, rolando em poeira e fragmentos de sua própria pele por mais de um mês. Ela se sente abandonada pelo cheiro, como uma paciente desertada no meio de uma cirurgia, o peito aberto, as costelas separadas.

Ela volta ao *club*, senta-se no mesmo reservado, bebe a mesma vodca fraca com tônica. A banda é outra, composta por caras barbudos. Eles se harmonizam. Um deles toca bongôs suavemente. A multidão está usando roupas em tons de marrom e laranja, ponchos e sandálias. Ela coloca os pés em cima do banco para que ninguém se sente perto dela.

O Sr. Green tinha uma família. Uma esposa e duas filhas. Ela vasculhou seu arquivo quando ainda estava na faculdade, usando o banco de dados do hospital. Dois anos antes de sua morte, ele quebrou a perna enquanto podava os galhos de uma macieira. Ele caiu da escada, arrastou-se até o carro e dirigiu ele mesmo até o hospital. O médico que consertou o osso escreveu no prontuário: *Forte tolerância à dor.* Mas o que matou o Sr. Green foi um aneurisma, um coágulo sangüíneo no mesmo cérebro em que ela enfiara as mãos. Um estudante melhor teria sido capaz de dizer isso só de olhar para ele.

Verdadeiros animais

★

A cobra encontrou outra coisa para comer. Este é o primeiro sinal de problemas. Ela chegou do trabalho tarde – com duas sacolas de papel pardo pesadas nas mãos –, uma cheia de comida indiana, outra contendo dois camundongos brancos que, de acordo com o proprietário da loja de animais, sobraram de uma experiência da escola secundária. Eles estavam um pouco atordoados de correr por labirintos. Ela chamou pela cobra com doçura, ligou os interruptores, andou pelos cômodos e a encontrou enroscada no sofá, ferrada no sono, uma protuberância suspeita no meio do corpo.

Ela redige uma lista de suas coisas favoritas – pijamas de seda, hamsters, a pequena reentrância em volta do ralo da banheira – depois faz o máximo para providenciá-las. Veste pijama de seda por dias até que comece a feder; ajusta as torneiras para que um fluxo contínuo de água morna mantenha o nível de umidade no buraco do ralo; mantém um hamster extra em uma gaiola debaixo da pia; concentra-se no que é positivo.

Quando isso não funciona, ela se faz de difícil. Ignora a cobra por dias e depois fica irritada quando ela não percebe. Decide que a cobra precisa de um castigo. Tranca-a na gaiola sem comida por duas semanas. Então, um dia, ela finge que acabou de encontrá-la ali. "Quem fez isso com você? Coitadinha!", diz ela. Depois solta o hamster. A cobra se apodera do animal, destrava a mandíbula e começa a engolir. Ela pensa que isso deve ser como se desmontar e ajustar alguma coisa dentro de si mesmo, não importando qual seja o seu tamanho, e ainda ser capaz de se refazer quando tudo acaba. Ela espera até que a cobra esteja com a protuberância no meio do corpo, depois canta uma música do Marvin Gaye para ela. À noite, ela se mete na cama em silêncio e espera que a cobra venha. Verifica se ela está de volta a seu tornozelo. Ela faz uma tentativa com o hamster número dois.

Hannah Tinti

A cobra parece entediada. Passa grande parte do tempo enrolada na água da privada. Ela odeia quando a cobra faz isso. O corpo do animal solta trilhas compridas e finas de umidade pelo apartamento. Ela começa a se perguntar por que não tem gatos, como qualquer solteira normal.

O Sr. Green voltou. Ela não o via há meses, desde que deixou a cobra fora da gaiola, mas, uma noite, lá estava ele, saindo do banheiro, com a seção de esportes do jornal em suas mãos dissecadas. Ela pode ver o progresso que a turma fez. Eles devem ter chegado ao capítulo sete. O peito foi removido, as costelas, a clavícula e o esterno seccionados. O fígado está exposto. Os pulmões se dobram suavemente sobre o coração como se fossem mãos.

Ele arreganha os dentes para ela, embora os lábios não existam mais, e ela sabe que ele está dizendo que ela perdeu o encanto. Logo não restará nada dele e ela sente o mesmo descascar por dentro, um oco se formando, um vazio que surge aos poucos. O relógio da cozinha martela alto. Ele abre a geladeira e entra nela.

Ela está grata por seu trabalho. Grata pelo café, pelo bom-dia de seus vizinhos de cubículo, o zumbido do computador quando ela o liga. Grata também porque ninguém parece perceber que ela não está fazendo trabalho nenhum. Ela simplesmente mexe nos papéis sobre a mesa, arrumando-os em pastas e depois tirando-os novamente, grampeando-os e depois arrancando os grampos, de pé junto à xerox tirando cópias da mesma página, repetidamente.

A página é um organograma. Em quadradinhos conectados está retratada a hierarquia da empresa como se fosse uma árvore genealógica. Com uma olhada no gráfico, é possível saber imediatamente quem são as pessoas, a que setor pertencem e qual é seu poder relativo. Todos os seus colegas foram mapeados, como

Verdadeiros animais

degraus. No canto inferior direito, debaixo de seu chefe, há uma linha fina com o nome dela.

De tantos em tantos meses, o organograma é revisado para refletir as promoções, os rebaixamentos, as novas contratações e os avisos de demissão. É um tabuleiro de jogo e ela continua no mesmo lugar. Também, é passiva demais, percebe ela. Nunca tentou fazer de si mais do que é. Era a mesma coisa na faculdade de medicina. Ela se lembra da sensação de fracasso depois de retirar o cérebro do Sr. Green. Como a pegou com uma onda de náusea e a empurrou para a escuridão. Quando voltou a si, as luvas de látex ainda estavam em suas mãos. Estavam molhadas e cheiravam a formaldeído – a pele aparecia através delas. Ela as tirou e as pontas de seus dedos estavam enrugadas.

O que ela precisa é de uma canja. Alguma coisa saudável, para recuperar as forças. Enquanto fatia as cenouras, vê a cobra, enroscada na tigela da batedeira. Ela estende o braço para afagá-la e a cobra levanta a cabeça, olha para ela fixamente com um olho só e solta um silvo baixo e comprido. Ela congela. Quando a cobra volta a se espiralar, ela pensa na facilidade com que a faca em sua mão pode atravessar a cobra – um corte no músculo, uma incisão de sangue e o estalo duro quando o osso se parte. Ela pode fatiá-la como uma abobrinha, como uma baguete. Ela nunca dissecou uma cobra antes, mas já dissecou gatos e cães, fetos de porcos e minhocas. Ela pode fazer isso.

Ela está preparada quando a cobra sai do banheiro. A jibóia se estica no aquecedor e ela pega uma faca de açougueiro. Em um golpe metálico, ela separa a minúscula cabeça e a deixa rolar para baixo do sofá. Surge menos sangue do que ela esperava. Por um ou dois minutos, o corpo da cobra se contorce. Cai no chão e ela salta para uma cadeira e espera. Ela espera um pouco mais, depois desce e fura o corpo com a faca. Pega a vassoura no armário e varre a cabeça para uma pá de lixo. Entre as bolas de cabelo e moedas esparsas, a cabeça parece alguma coisa que ela

podia conseguir dentro de uma bolha de plástico de uma dessas máquinas que ficam na saída do supermercado. Ela vai ao banheiro e larga o conteúdo da pá na privada. A cabeça afunda. Ela dá a descarga.
  Depois disso, é fácil. Ela pega seu velho kit de dissecação – bisturi, fórceps, agulhas, sondas e tesouras. Faz uma incisão perfeita ao longo do corpo. Identifica a traquéia, o esôfago, coração e pulmões; fígado, estômago, vesícula, intestinos e rins, como se ainda estivesse na faculdade. Joga as entranhas na lata de lixo, arranca a pele. O que resta é uma carne amarelada.
  A campainha toca. É Fred.
  – Pode subir – diz ela. A pele vai para a lixeira; o kit de dissecação, para o armário, o batom lambuzado antes que ele bata.
  – Desculpe sobre a outra noite – Fred raspa a bochecha no vão da porta. Seu delineador está borrado. – Encontrei um velho amigo.
  – Isso já tem três meses.
  Fred dá de ombros. Ele olha o apartamento. Vê o terrário.
  – Você a deixou sair.
  – É.
  – Não é uma boa idéia.
  Agora é a vez de ela dar de ombros. Ela espera que ele a beije.
  – Tenho um apartamento novo – diz Fred.
  A porta da geladeira se abre. O Sr. Green salta lá de dentro. Faltam três pedaços de seu coração: a parede da aurícula direita, uma parte do ventrículo esquerdo e, acima dele, a válvula pulmonar. Os pulmões foram retirados e ela pode ver a árvore brônquica espalhando-se como raízes pelos dois lados da aorta; uma série de asas esqueléticas, ramos nus. Ela olha para Fred, que está falando com ela.
  – Vou levar minha cobra para casa.
  – Ela adora se esconder – diz ela. – Vai ter que esperar até que ela apareça. Estou cozinhando. Gostaria de alguma coisa?
  Fred responde que sim.

Verdadeiros animais

Ela decide fritar. Na tábua de fatiar, em pouco tempo a carne da cobra está em pedaços. Ela os mergulha em leite, cobre com farinha de trigo e atira em uma frigideira enquanto Fred procura pelo apartamento, levanta as almofadas do sofá, futuca uma pilha de roupas sujas no chão. O Sr. Green observa tudo, divertindo-se.

– O jantar está pronto.

Fred se senta à mesinha da cozinha. Não está à vontade. Ela sabe disso. Mas ele não parece perceber que o Sr. Green está sentado na frente dele, coçando o buraco onde estava a orelha com o osso do dedo. Será que tem batom nos dentes dela? Ela passa a língua pelos dentes. Estende um prato a Fred.

A cobra frita é gordurosa. Ela arrumou os pedaços sobre folhas de alface. O Sr. Green se inclina e rouba um naco de carne. Ele não tem estômago; a comida passa direto por ele e cai no chão. Quando o colega de laboratório tirar seu coração, ele só terá ossos. Ainda assim, ele continua a apanhar pedaços da carne, até que se forma um pequeno depósito debaixo da cadeira onde está sentado.

Fred espeta a cobra com o garfo. Ele a revira e inspeciona antes de comer. Ela está de pé perto dele com seu avental, esperando que ele engula. Ele não tem pressa. Ele mastiga. Ela pode ver a garganta dele se contraindo. O pedaço desce e Fred olha para ela, surpreso:

– Está ótimo – ele diz.

Gallus, gallus

Alan Perkin era um baixinho careca com uma grande habilidade de convencer as pessoas a fazerem coisas para ele. Por exemplo, ele nunca teve de aprender a amarrar os sapatos. Quando menino, toda manhã, enquanto tomava café, sua mãe se agachava aos pés dele, passava os cadarços pelos ilhoses de suas polainas de couro e apertava os laços. Quando Alan Perkin se casou, sua mulher assumiu essa responsabilidade e a desempenhava conscienciosamente todas as manhãs depois do café. Se por acaso um de seus sapatos se desamarrasse durante o dia, Alan Perkin educadamente pedia a alguém parado perto dele para amarrá-lo. Quando chegou aos trinta anos, quase todos na cidade tinham amarrado os sapatos de Alan Perkin uma vez ou outra.

Alan Perkin era dono da Perkin's Candy, famosa por seu puxa-puxa. Ele foi introduzido no negócio pelo pai, que o ensinou a contratar garotas bonitas recém-saídas do ensino médio para ficar na vitrine da loja e prepararem o doce, puxando a massa. As garotas tinham de ser habilidosas e passariam por um rigoroso programa de treinamento na sala dos fundos da loja antes de ter autorização para ficar na vitrine. As pessoas com freqüência faziam viagens especiais à Perkin's só para ficar do lado de fora de suas grandes vitrines de vidro e ver as garotas bonitas, com as redes no cabelo, esticando, ligando e torcendo o grude comprido e brilhante. O negócio era um sucesso e permitia que o Sr. Perkin proporcionasse à esposa uma ampla casa, vários empregados e os meios para sustentar seu hobby de criar galinhas.

Agradava à Sra. Perkin ter um ritual matinal e coisas como chamar as galinhas e alimentá-las a faziam se sentir produtiva. Toda manhã, Mary, a cozinheira, ajudava a Sra. Perkin a colocar o avental, um avental meio infantil e medíocre, para evitar que a frente de seu vestido ficasse manchada. Depois, a Sra. Perkin abria a porta que dava para o quintal, pegava o cesto de sementes que o jardineiro deixava ali mais cedo, abria a boca e começava a cacarejar.

Antes de se casar, a Sra. Alan Perkin tinha sido educada por algum tempo para ocupar um cargo de enfermeira veterinária. Um dia, a Sra. Perkin (*née* Diana Walmut) virou uma página de seu livro de zoologia e deu com o diagrama esquelético do *Gallus gallus*, a galinha selvagem vermelha do Sudeste da Ásia. Foi tomada pela curva do bico, o crânio diminuto e os ossos finos e elegantes que se desdobravam em leque, formando a base das asas. "Parece um pouco com um bebê defeituoso", pensou ela. Diana, que em breve seria a Sra. Perkin, chorou e, naquele momento, se apaixonou pela criação de frangos.

A Sra. Perkin passou a mão pelo cesto de sementes. Como parecia frio e seco! Passou os dedos de um lado a outro e pensou em seixos, em areia, na luz das estrelas. Um farfalhar começou no alpendre do canto enquanto os frangos desciam a rampa. Suas cabecinhas se viravam e meneavam juntas em movimentos curtos e rápidos, como se usassem todo o poder de seus pequenos cérebros para concluir que sim, havia barulho, e sim, aquele barulho significava comida, e sim, elas deviam andar até o barulho para conseguir alimento.

A Sra. Perkin cacarejou alto e procurou por Romeo, seu galo. Romeo foi campeão de rinha no passado. As esporas foram substituídas por arpões de aço, usados para rasgar a garganta de seus oponentes. As penas eram de um preto azulado que cintilava e a crista, amarelo brilhante. Naquela plumagem escura e reluzente, ele parecia um rei.

A Sra. Perkin tinha resgatado Romeo de um grupo de jovens baderneiros que o levavam a lutas em todo o país. Um

Verdadeiros animais

dia, voltando para casa depois de deixar o almoço do Sr. Perkin, ela viu Romeo lutar contra Tootsie, o favorito da cidade. Terra, sangue e penas enchiam o ar. A Sra. Perkin assistiu e teve uma sensação de contentamento. Quando Romeo eriçou as penas em triunfo, ela entendeu que devia possuí-lo. Precisou de quase seis meses para recuperar parte da domesticidade do galo e ela guardava esse controle e essa presença em sua vida com uma posse semelhante à maternidade.

Agora, o cesto de sementes estava vazio. Romeo tinha perdido o café da manhã. A Sra. Perkin bateu o pé – um, dois. Depois pediu ao jardineiro para procurar por ele e entrou para telefonar aos vizinhos.

A Sra. Kowalski não tinha visto Romeo. Nem a Sra. Brosnton. A Sra. Dewipple também não tinha posto os olhos nele, embora houvesse notado que algumas de suas próprias galinhas estavam se comportando de modo estranho. A Sra. Perkin agradeceu às esposas dos vizinhos, desligou o telefone, tomou seu lugar à mesa do café e começou a se preocupar.

Naquele momento, o Sr. Alan Perkin desceu as escadas com os sapatos desamarrados. Ocupou sua cadeira, abriu o guardanapo no colo, pegou uma colherinha de prata na mesa e a usou para bater o ovo quente na pequena xícara de porcelana no meio do prato. Tudo em sua rotina matinal seguia um cronograma preciso que ele deixava, na noite anterior, com o mordomo.

– Bom-dia, querida – disse o Sr. Alan Perkin. A esposa não respondeu. Estava olhando pela janela e se perguntando onde podia estar Romeo. Isso aborreceu o Sr. Perkin. Quando vinha para a mesa do café da manhã, anunciava sua chegada cumprimentando a esposa e esperando uma resposta cordial.

– *Olá* – disse ele. A esposa tinha perturbado o equilíbrio de seu dia e ele queria que ela soubesse disso.

A Sra. Perkin notou a mudança no tom da voz do marido e isso imediatamente a exasperou. Trincou os dentes e moveu levemente a cadeira, afastando-se da mesa.

Esse movimento preocupou o marido. Ele repassou mentalmente seu comportamento na última semana (um aniversário? O aniversário dela?) e nada lhe veio à cabeça. Comeu o ovo quente, confuso e em silêncio. A mulher não comeu nada e não tirava os olhos da janela. Logo chegou a hora de o Sr. Alan Perkin sair para trabalhar. Ele verificou o relógio, baixou a colher e esperou que a esposa amarrasse os sapatos dele.

A Sra. Perkin olhava para o jardim. Ela se lembrou de seus dedos passando pelo pescoço de Romeo e de como ele balançava a cabeça quando ela o tocava, como se concordasse com entusiasmo com alguma coisa que ela dissera.

O Sr. Perkin limpou a garganta. Ele era muito bom em fazer com que estranhos amarrassem seus sapatos, mas não estava acostumado a usar seus encantos de persuasão com a esposa.

– São nove e meia – informou ele. – Preciso ir trabalhar.

– Então vá – disse a Sra. Perkin.

– Não posso sair assim, sem meus sapatos!

A Sra. Perkin pulou da cadeira. Não estava acostumada a ouvir gritos, especialmente logo pela manhã e certamente não durante o café.

– Desculpe, querido – disse ela. – Eu esqueci. – Ela se levantou e rapidamente atravessou para o lado dele. Ajoelhou-se aos pés do marido. Pegou os cadarços e os puxou o máximo que pôde antes de amarrá-los em um nó impossível. Depois se ergueu e saiu da sala.

O Sr. Perkin terminou o café e se levantou. Percebeu que os sapatos estavam bastante confortáveis. Enquanto saía de casa e começava sua caminhada matinal para o trabalho, notou que estavam confortáveis a ponto do desconforto e, na hora em que chegou à doceria, seus pés estavam latejando e ele mancava um pouco. Pediu bruscamente a um dos caixas para afrouxar os nós, mas a esposa os tinha amarrado tão apertados que não podiam ser desfeitos. O caixa sugeriu cortar os cadarços para libertar os pés, mas o Sr. Perkin não era apenas um homem extraordinaria-

Verdadeiros animais

mente convincente, era também econômico e arruinar um par de cadarços perfeitamente bom era, para ele, um crime.

— Esqueça — rebateu ele e começou a imaginar formas torturantes de acertar as contas com a mulher. Abriu a porta do escritório com um chute, atirou-se em uma cadeira e apoiou os pés na mesa para aliviar a pressão. Foi só aí que o Sr. Perkin percebeu a manchinha cinza e branca na lateral do salto. Passou o dedo com força pela mancha, trouxe o dedo até o nariz e reconheceu o cheiro do galinheiro.

O caixa que não conseguira desamarrar os sapatos do Sr. Perkin se chamava Michael Sheehy. Era um negro franzino e um dos olhos rolava na órbita quando ele falava. Era caixa havia cinco anos. Nessa época, amarrava os sapatos do Sr. Perkin com freqüência. Michael não gostava particularmente de se agachar no chão e reamarrar os cadarços dos sapatos brilhantes de couro italiano de seu empregador, mas apreciava os benefícios de ser o único empregado homem na doceria do Sr. Perkin.

Michael Sheehy usava um tapa-olho. Quando começou na doceria do Sr. Perkin, tirava partido do tapa-olho contando uma história. Dizia a todos que seu olho fora ferido em combate — um embate quase mortal com um soldado alemão nos arredores de Marselha. Ele repetia a história com freqüência, sempre que achava que corria o risco de perder o emprego ou quando via um cliente olhando para seu olho errante.

Na verdade, Michael Sheehy nunca foi à guerra. Foi desclassificado por visão fraca e pé chato. Apesar disso, as jovens secundaristas que trabalhavam na doceria do Sr. Perkin achavam seu olho repulsivo e romântico ao mesmo tempo. Elas ficavam nervosas com o olhar dele e se arrepiavam de excitação e medo quando o homem colocava a mão quente em seus ombros ou na parte delgada de suas costas.

Quando o Sr. Perkin bateu à porta de seu escritório, Michael sentiu algo que parecia atravessar suas entranhas, deixando um rastro de ardor dentro dele. Olhou as garotas na vitrines, com os cabelos presos pelas redes. Elas estavam torcendo, virando a goma em uma espiral de açúcar e sorrindo docemente para a multidão reunida para assistir a elas. Eram muito limpas e bonitas. Michael voltou o olho bom para Emeline Dougherty, chefe das puxadoras de puxa-puxa da Perkin's Candy. As bochechas dela estavam vermelhas, os longos cabelos castanhos puxados para trás em uma rede e os braços moviam-se com a suavidade de uma máquina. Michael abriu a porta de trás do balcão e pegou um pedaço de puxa-puxa de manteiga de amendoim. Manteve-o na mão até que pôde sentir o doce começar a amolecer e perder a forma. Depois, tirou o papel de seda, fez mira e o atirou em Emeline.

O puxa-puxa atingiu Emeline na parte de trás da cabeça. Ela gritou e um anel brilhante escorregou e caiu do cordão de goma. Emeline e sua parceira tentaram freneticamente torcer e puxar a goma para devolvê-la a sua rigidez adequada, mas era tarde demais – o puxa-puxa estava perdido – uma poça mole de noz de bordo no chão.

Emeline Dougherty não era uma garota de cometer erros. O pai morrera tragicamente quando ela ainda era criança, asfixiado por acidente durante um passeio de domingo, soterrado por um monte de atum. Uma grua com defeito, que descarregava as redes de um barco de pesca, bateu nas docas e ele fora atingido. Por esse motivo, Emeline nutria um medo substancial do inesperado. A vida tornou-se um plano que Emeline elaborou desde a infância com a ajuda da mãe. Intimamente, ela via seu futuro em graus de longitude e latitude, com projeções de falhas normais, falhas reversas e eixos anticlinais. Seu cargo na Perkin's Candy de puxadora-chefe de puxa-puxa era um contorno importante em sua existência topográfica: três anos de salário economizados para um curso universitário de higienista dental. Ao ver o doce escorregar de seus dedos, Emeline sentiu o pânico da perda que ela já conhecia bem.

Verdadeiros animais

Emeline correu até o escritório do Sr. Perkin. Não bateu na porta. Em voz alta e tensa, relatou o que aconteceu, depois irrompeu em lágrimas e implorou a ele que não a demitisse. Ela se virou e mostrou a ele a prova – uma bola de puxa-puxa grudada que rapidamente transformou-se numa massa de cabelo e rede. O Sr. Perkin disse a Emeline para se acalmar e lhe ofereceu um pedaço de puxa-puxa sabor hortelã – um gesto defensivo que ele usava quando queria que alguém parasse de falar. Ele sugeriu, em voz baixa, que Emeline tirasse o resto do dia de folga para se recuperar do incidente. Depois, lhe disse para mandar Michael a seu escritório e se inclinou para continuar a trabalhar nos nós que a esposa havia feito pela manhã.

A Sra. Perkin procurava por Romeo. Impaciente com o progresso do jardineiro, ela chamou Mary para lhe trazer "o xale" – uma peça de crochê comprida e pesada que a avó da Sra. Perkin havia trazido da Irlanda. Ela o vestiu como uma armadura – dobrado sobre o peito e atirado pelos ombros. Marchou pela calçada em direção ao centro, parou os transeuntes, puxou trancas e gritou sobre as sebes.

Estava a ponto de atravessar a rua principal quando ouviu um guincho. Um som profundo e cacarejante que encheu seu coração de alegria. Ela prendeu a respiração e escutou novamente. O som voltou e a Sra. Perkin correu na direção dele. Quando parou, estava diante de um grande monóculo de madeira. Ela semicerrou os olhos e decifrou as palavras escritas acima dele: OPTOMETRIA DEWEY.

A Sra. Perkin sabia mais ou menos quem era Thomas Dewey e passava com freqüência pelo monóculo gigante que servia de placa para o estabelecimento. Mas, antes daquele dia, ela nunca prestara atenção ao que seria uma loja de optometria ou ao que Thomas Dewey fazia ali.

Ela não sabe que Thomas Dewey mora em dois cômodos pequenos atrás da loja, ou que ele gosta de ler e reler a série

Leatherstocking de James Fenimore Cooper enquanto consome grandes quantidades de queijo. Ela não sabe que o pai de Thomas Dewey tinha possuído e administrado a loja antes dele, depois do avô. Ela não sabe que o avô de Thomas Dewey era originalmente ferreiro e herdou o prédio quando o tio dele foi atropelado pelos cavalos de uma carruagem que passava ou que sua grande bigorna preta agora era usada por Thomas como mesinha-de-cabeceira.

O sino da porta tocou com a entrada da Sra. Perkin. Thomas Dewey estava no quarto dos fundos, profundamente envolvido em um exemplar de *The Deerslayer* e um pedaço de gorgonzola. Ao som do sino, ele baixou o livro relutantemente, espanou alguns farelos de queijo do paletó branco e abriu a porta que separava os cômodos onde morava.

– Posso ajudá-la? – perguntou ele baixinho, porque, em sua mente, ele ainda estava deslizando pela floresta com Deerslayer e Chingachgook, nos limites do campo Huron, esperando pelo momento certo de resgatar Wah-ta-Wah.

– O senhor viu um galo preto? – perguntou a Sra. Perkin.

Como a maioria das pessoas que passa uma quantidade substancial de tempo sozinha, Thomas Dewey com freqüência falava sozinho de uma forma que poderia ser considerada constrangedora. A pergunta da Sra. Perkin rolou por sua mente e pela floresta. Deerslayer a pegou, olhou para ela e deu a ele uma resposta:

– O urso branco segue sua sombra para encontrar o caminho em uma floresta estranha.

– Como? – disse a Sra. Perkin. Ela teve a sensação de que alguma coisa obscena lhe fora proposta. Apertou o xale em volta do corpo.

– Desculpe – Thomas Dewey corou. – Não tem nenhum galo aqui – ele olhou para a esquerda, depois para a direita, como se não confiasse em sua avaliação.

A Sra. Perkin seguiu o olhar dele pelas filas de desenhos anatômicos de olhos, as caixas de armações, as caixas de lentes alinhadas no balcão, e lhe veio a lembrança do laboratório de vete-

Verdadeiros animais

rinária da escola. Ela largou o xale e percebeu outras coisas: lágrimas nas sombras acima das janelas atravessadas pela luz, névoas cinza-claro de poeira e listras nas vidraças que pareciam fantasmas.
– Eu o ouvi – disse ela. – Há alguns minutos.
– Como é o som?
– Ele tem uma voz especial – respondeu a Sra. Perkin.
– Assim? – Thomas Dewey limpou a garganta e imitou o cacarejo do amanhecer.
– Esse é muito bom – elogiou ela. – Mas o tom de Romeo é mais alto, vibra mais no final.
– Hummm... – Thomas fechou os olhos, inspirou profundamente e soltou outro canto de galo, muito parecido com o de Romeo.
– Incrível! – admirou-se a Sra. Perkin.
– É uma espécie de passatempo – inspirado por Cooper, Thomas Dewey tinha passado os últimos doze anos de sua vida memorizando cantos de aves da América do Norte. – Gostaria de ouvir outro?
– Eu devia continuar procurando, já que ele não está aqui.
– Acho que sim – disse Thomas.
– Mas talvez você possa chamar por ele da janela.
– Claro – Thomas deu a volta no balcão e abriu a vidraça. Pôs as mãos em concha em volta da boca e soltou três cantos diferentes. – Os últimos dois eram de fêmeas.
– Fico muito agradecida.
– Talvez a senhora queira ficar mais um pouco, para ver se ele aparece. – Thomas fechou a janela.
– Eu freqüentei a faculdade – comentou a Sra. Perkin. – Ia ser enfermeira.
– Tenho certeza de que daria uma ótima enfermeira – disse Thomas.
– De animais – ela esclareceu.
– Entendo – disse Thomas.

Hannah Tinti

Uma coleção de lentes de aumento estava pendurada na parede atrás dele. Elas lembravam a Sra. Perkin de um experimento que ela fizera em embriologia: ovos fertilizados em diferentes estágios de incubação, quebrados em uma placa de Petri e estudados sob a lupa. Ela viu a mitose, a meiose e o desenvolvimento do corpo – o bulbo de uma cabeça, a curva de uma espinha, dois pontos que se transformariam em olhos. Quando os alunos terminaram, despejaram todas as amostras em um balde. A Sra. Perkin segurou seu ovo quebrado, olhou a enorme massa amarelada e parou. Havia minúsculos pontos vermelhos espalhados pelas gemas onde os corações das aves ainda estavam batendo. Mais tarde, quando contou ao Sr. Perkin sobre isso, ele sorriu e disse:

– Hummm... Ovos mexidos.

A Sra. Perkin olhou as caixas de armações no balcão. Havia dezenas de tamanhos e formatos – quadrados, redondos e ovais, prateados e dourados.

– Talvez eu precise de óculos – disse ela.

– Gostaria que eu a examinasse?

– Não. Só quero a armação – ela pegou um par prateado com um delicado padrão de videira gravado na ponte e ao longo das hastes. A Sra. Perkin os colocou e se olhou no espelho. Viu uma mulher mais velha do que era.

No banheiro, Emeline tentou retirar o puxa-puxa do cabelo. As secundaristas lhe diziam palavras de conforto, mas Emeline evitou suas ofertas de gel, sabonete e água tônica. Ela podia sentir a raiva alfinetando sua pele, espalhando-se com exasperação. Ela se afastou do grupo, pegou o casaco no armário e saiu sem se despedir.

Quando Emeline era uma garotinha, o pai alertou-a sobre as emoções. A mãe sempre teve uma tendência à histeria, o que freqüentemente tirava o marido de casa para longas caminhadas pelo cais. Ele sempre levava Emeline. Os dois andariam em

Verdadeiros animais

silêncio, Emeline dando três passos para cada passo do pai, fazendo o máximo para manter um ar de preocupação no rosto, para que ele não sentisse necessidade de entretê-la.

Na volta para casa, o pai de Emeline inevitavelmente parava e verbalizava alguma conclusão a que chegara durante seu passeio. Às vezes, era sobre a esposa, às vezes sobre si mesmo e ocasionalmente para Emeline: "Não seja como a sua mãe", dizia ele. "Fique longe dos *chiliques*."

Emeline pensava nisso enquanto andava pela rua principal com puxa-puxa no cabelo. Pensou nos últimos momentos de seu pai debaixo do monte de atum. Imaginou o peso, a maciez molhada e fria, as batidas lentas das caudas procurando pela água. Ela se perguntou se ele ficou irritado debaixo da pilha ou se chegou a ter tempo de sentir alguma coisa.

Enquanto passava pela loja de Thomas Dewey, Emeline percebeu Michael Sheehy estatelado na calçada atrás do grande monóculo de madeira, uma garrafa de uísque debaixo do braço e duas penas pretas e brilhantes no cabelo.

– Oi – cumprimentou Michael. – Fui demitido.

– Bom, você mereceu – disse Emeline.

– Você merece um chute na bunda.

– Você está bêbado.

– É.

– O que está fazendo aqui?

Ele apontou para a placa.

– Quero consertar meu olho.

Emeline corou. Pensou nas secundaristas imitando-o, rolando os olhos e apalpando umas às outras no banheiro.

– Não é tão ruim assim.

– É sim – disse Michael – e você não precisa conviver com isso, então não me diga o que fazer.

– Não estou te dizendo nada!

– Desculpe. Me perdoe. – Michael Sheehy começou a chorar. Ergueu o braço e agarrou a saia de Emeline.

Emeline ficou completamente imóvel e tentou controlar as emoções. A roupa repuxava nos quadris. Michael ergueu a bainha e enxugou o rosto. Uma brisa tocou as pernas de Emeline. Se seu pai estivesse aqui, ele desaprovaria. Emeline tinha certeza disso.

Dentro da loja de optometria, Thomas Dewey estava dando uma amostra de cantos de aves à Sra. Perkin. Ele nunca teve uma platéia antes. Franziu os lábios e fez sua melhor imitação do canto do bacurau de Deerslayer. Depois tentou o sinal secreto de Chingachgook para sua amante, Wah-ta-Wah – o chilro do esquilo norte-americano. A Sra. Perkin ouviu educadamente com os olhos fixos na janela. Espiou pelo vidro e foi isso o que viu: a garota que puxava doces na loja de seu marido, o rapaz com o olho solto que trabalhava no caixa e, saindo dos arbustos, Romeo.

Parecia que andara brigando. As penas estavam eriçadas, a crista rasgada e uma das asas se arrastava atrás dele. Andava cuidadosamente, cauteloso, rondando Emeline e o homem que chorava aos pés dela.

"Ele não tomou o café da manhã", pensou a Sra. Perkin. "Deve estar com frio e faminto." Ela viu a asa de Romeo roçar no chão e pensou novamente no *Gallus gallus*, tentando determinar que ossos tinham sido quebrados. Pensou nos metacarpos, nos dedos longos, finos e delicados e se perguntou se conseguiria colocá-los na posição correta novamente.

Romeo saltou no ar e pousou no ombro de Emeline. Ela tentou enxotá-lo, mas Romeo sabia, de seus dias de rinha, como se segurar. Cravou uma garra na clavícula de Emeline, a outra na lateral do pescoço, e começou a atacar violentamente o puxa-puxa.

Emeline gritou.

Michael Sheehy largou a saia dela e se levantou da calçada. Sempre teve medo de aves. Segurou sua garrafa de uísque com

Verdadeiros animais

as duas mãos e tentou usá-la para afugentar o galo do ombro de Emeline.
— Sai daí — enxotou ele. — Sai. — Enquanto empurrava Romeo com o gargalo, a garrafa escorregou de suas mãos e caiu, quebrando-se na calçada.

O Sr. Perkin ouviu o estilhaçar do vidro quando virava para a rua principal. Sua mulher não levara seu almoço naquele dia e, com a ajuda de uma bengala, ele fazia o trajeto para casa, irritado, para comer um sanduíche. O Sr. Perkin ergueu os olhos dos sapatos e viu sua puxadora-chefe sendo atacada. Reconheceu a crista amarela do galo favorito de sua mulher.

O Sr. Perkin era um homem de negócios. Não costumava perder oportunidades. Ele assistiu àquilo e, quando viu a oportunidade, tratou de aproveitá-la. Mancou para o lado de Emeline. Levantou a bengala sobre o ombro. Balançou a bengala, dando um golpe na cabeça de Romeo, e a ave tombou no chão. Depois, o Sr. Perkin olhou o galo bem de perto e bateu nele até a morte com a bengala.

Havia motivos, pensou o Sr. Perkin, para fazer as coisas. Ele acreditava em obter o que queria. Ele também acreditava no puxa-puxa. Era seu alicerce, sobre o qual construíra uma vida que o agradava. "Então é isso", pensou ele enquanto quebrava o pescoço do galo. Esse negócio, essa puxadora de puxa-puxa, esse sanduíche perdido. Era o que ele era. Saía sangue do bico do galo, formando uma poça no chão duro e seco. O Sr. Perkin tirou o pé do caminho e percebeu que seus cadarços foram desfeitos.

Era inadequado, percebeu ele, pedir à garota que ele acabara de salvar ou ao homem que acabara de despedir para amarrar seus sapatos. Ele deu uma olhada na rua principal, depois na loja de Thomas Dewey. Havia uma mulher parada na janela com um par de armações prateadas, um xale preto em volta dos ombros. As pontas de seus dedos pressionavam o vidro, cinco pontos se espalhando acompanhados por uma boca surpresa. Alan Perkin parou, os cadarços se arrastando, e esperou. Certamente, pensou, ele podia ter certeza de que ela viria.

Sangue do meu sangue

Richard estava cansado de fazer a mesma pergunta: "Por que você faz isso?" Ele disse a mesma coisa a Lucas quando o filho parou de fazer o dever de casa, depois de ele ter derrubado uma velha por levar tempo demais para entrar no ônibus, depois de passar correndo pela mesa da sala de jantar, agarrado à toalha de mesa e virado sua refeição no chão. Richard sabia que havia alguma coisa errada com o filho. Ele andava à noite e pensava: "Essa casa tem quartos demais."

Richard e Marianne mandaram o filho de dez anos para o quarto; sem TV, sem jantar, sem sobremesa. Eles tentaram conversar, tentaram dar chineladas e, por fim, como ele não os ouvia nem parava de bater na irmã, prenderam Lucas no chão até que ele cedesse, até que parasse de chutar, morder, arranhar e saísse mancando, o rubor deixando aos poucos o rosto do menino.

— Não sei por quanto tempo ainda vou agüentar isso — disse Marianne depois de se sentar sobre as pernas do menino por dez minutos. Ela era massoterapeuta. Tivera um longo dia e suas mãos estavam cansadas. Quando Lucas era bebê, ela adorava tocá-lo. Pensou no cheiro que ele exalava naquela época, um aroma tão limpo e cheio de esperança que a fazia chorar de gratidão.

— Acho que ele está dormindo — comentou Richard. A boca de Lucas pendia aberta para o lado, uma pocinha de saliva se formava no chão. Richard o levou para a sala de estar e o deitou no sofá. Depois, foi até a geladeira e pegou uma cerveja.

Richard se sentou em sua poltrona e olhou para o filho. Como foi que terminou com uma criança assim? Ele se lembrava de quando segurou o menino nos braços pela primeira vez. Lembrava-se de tentar enfiar o dedo no punho pequenininho do bebê. Tomou um gole de cerveja, batendo com os dentes na garrafa e sentiu um formigar de dor na boca. "Como isso", pensou ele, "eu fiz tudo errado."

Marianne estava na cozinha, raspando o excesso de comida do jantar dos pratos e jogando-os na lata de lixo. Um monte de macarrão e queijo. Por que ela não fazia alguma coisa melhor, com vegetais e vitaminas? No passado, ela tentou arroz integral, tofu e tahini, mas a família se recusou a comer. Por fim, ela se cansou de discutir e se voltou para os livros de culinária de sua mãe, receitas que sempre começavam com uma porção de manteiga.

Por conta própria, ela ainda folheava livros nas lojas de produtos naturais (brócolis é o máximo!); passava as tardes no café Hare Krishna, indagando ao *chef* sobre culinária *vegan*. Ela considerava poções, feitiços. Lembrava-se de passar suas aparas de unha do dedão do pé em um copo de suco e dá-lo a um menino de quem ela gostava quando tinha vinte anos, convencida de que isso o faria se apaixonar por ela. Agora ela puxava *O prazer de cozinhar* da prateleira e verificava o índice, procurando por saúde e nutrição, estudando as conversões métricas. Esperava que de alguma maneira a receita seguinte tivesse uma resposta, lhe dissesse o que fazer.

Quando o psicólogo da escola telefonou para dizer que Lucas estava tendo problemas de comportamento em aula, Richard e Marianne aceitaram a indicação de uma clínica. Lucas começou a ter sessões mensais de psicoterapia com uma mulher de meia-idade chamada Dra. Snow, que consultou o *Manual diagnóstico e estatístico de doenças mentais, Quarta edição*, e escreveu um diagnóstico em seu diagrama: 314.01 – Distúrbio de Hiperatividade/Déficit de Atenção, dando aos pais uma receita de Ritalin. Todos se sentiram melhores com isso. Alguma

Verdadeiros animais

coisa estava sendo feita. A Dra. Snow disse que as explosões eram uma fase e que no final da puberdade ele as superaria. Marianne virava as páginas do livro de culinária e via o filho brincando na escada. Lucas estava usando uma lanterna para produzir um círculo de luz na parede. Ele desceu um degrau e começou a fazer formas de sombras com as mãos – um ganso, depois uma gaivota, depois um cavalo, depois um cachorro. Sarah, a filha de oito anos, estava sentada perto dele e observava. Depois de algum tempo, ela tentou imitar o que ele estava fazendo.

Marianne não gostava de admitir, mas amava um pouco menos a menina. Um primeiro filho acalma e subjuga a gente. Seu amor por Sarah era diferente – mais leve, porém cheio de surpresas. A menina sempre parecia querer surpreendê-la, como na vez em que ouviu vozes, abriu a porta do banheiro e encontrou Sarah de pé em um banquinho, o xampu, o desinfetante bucal e o spray para cabelos alinhados na bancada, o fio dental pendurado como uma flâmula no armário de remédios, a pia cheia de água. Ela fez uma piscina e as escovas de dentes estavam nadando.

Marianne se decidiu por uma receita de quiche de brócolis. Podia ouvir a gata do vizinho do lado de fora, rondando pelo jardim. Às vezes, os miados da gata eram tão parecidos com o choro de um bebê que ela levantava da cama quando ouvia o som. Depois, sem conseguir dormir, Marianne ia tropeçando até os quartos dos filhos, só para ter certeza de que nenhum deles a chamara.

Sarah agitava as mãos na frente da lanterna.

– Não consigo.

Lucas pegou o pulso da irmã. Puxou o indicador e o dedo médio, colocando-os retos, e dobrou o polegar sobre os outros dedos.

– Estica esse aqui um pouco – disse ele e Marianne viu os dentes do coelho aparecerem.

— Agora, dobra esse apertado, mas não muito — instruiu ele e Marianne viu uma manchinha de luz se transformar no olho do coelho.

— Mexe o polegar — pediu ele e o coelho fungou. Ele balançou as orelhas. Marianne ficou feliz por vê-los assim. Era raro um momento de união. Em geral, eles brincavam fora de vista, em seus quartos. Ela podia ouvi-los às vezes, batendo nas coisas, e tinha de interromper o que estivesse fazendo para se certificar de que a brincadeira não estava evoluindo para uma briga. Cuidar de dois filhos era mais difícil do que qualquer coisa que ela já fizera na vida. Depois do nascimento de Sarah, Marianne sempre estava cansada. Ela sentia que suas responsabilidades nunca terminariam e que era um fracasso como mãe, porque havia ocasiões em que queria ir embora. Para combater o impulso, ela deitava seu filho de dois anos e sua recém-nascida lado a lado na cama e contava os dedos dos pés das crianças, ida e volta. Vinte. Mexendo-se. Perfeitamente novos e rosados.

Lucas estava de pé agora, torcendo os braços para formar uma nova criatura na luz. Marianne sentiu sua barriga, o montinho macio de pele frouxa. "Eu fiz aqueles dedos", ela pensou. Queria chamá-lo, perguntar que tipo de animal estava fazendo, mas, antes que conseguisse, as mandíbulas se abriram e se fecharam sobre o coelho de sombra e Sarah gritava enquanto Lucas passava as unhas pela pele dela.

A coleção de dólares de prata de Richard sumira. Ele chegou do trabalho, abriu a gaveta da escrivaninha e viu o saquinho de veludo vermelho vazio e esticado, como um balão de festa desinflado. Na mesma hora entendeu que Lucas as pegara. No fim de semana, Richard tinha se recusado a levar o filho de carro a uma gibiteria no centro da cidade. Discutiram o assunto por dias. Quanto mais Lucas gritava e declarava que Richard tinha que levá-lo, mais Richard se recusava a mudar de idéia, mesmo

Verdadeiros animais

quando Marianne se aproximou dele à noite e pediu-lhe delicadamente para ceder.

– Abre! – Richard batia os punhos na porta do quarto do filho. – Lucas! Abre a porta!

Essa era a casa de Richard. Ele pagava as contas. Ele colocou o papel de parede neste corredor, pagou pela fiação elétrica, pintou o remate da soleira da porta. Richard jogou o corpo na porta com o ombro e percebeu que Lucas devia ter feito uma barricada. Pegou uma cadeira e se sentou na frente do quarto por uma hora, olhando a maçaneta, esperando. Quando a porta finalmente se abriu, ele entrou à força no quarto.

– O que você fez com as minhas moedas? – Richard empurrou a escrivaninha de volta para a parede e começou a vasculhar o quarto. Estava escuro lá dentro; as sombras se alongavam. Ele moveu uma pista de corridas Hot Wheels, chutou uma pilha de roupas no chão, olhou debaixo de pratos e tigelas com crostas de comida em cima da mesa. – Onde estão?

– Sai do meu quarto! – gritou Lucas.

Richard de repente sentiu como se estivesse enfrentando seu próprio pai, morto três anos antes graças ao mal de Alzheimer. No fim, o velho estava convencido de que Richard era um espião e as enfermeiras, torturadoras profissionais.

– Nenhuma porta deve ser trancada nesta casa – disse Richard.

– Eu não peguei as suas moedas idiotas.

Richard controlou-se para não erguer a mão e ameaçá-lo. As moedas vieram da Europa, da Índia e da América do Sul. Seu pai as guardava escondidas no asilo. Richard descobriu a bolsa de veludo quando limpava o quarto, enchendo sacos de lixo com suéteres e meias sujas. Ele não sabia que o pai era colecionador. Quando a cordinha se abriu, as moedas tilintaram e ele sentiu o peso deles.

– Vou contar até três.

Lucas balançou a perna para trás e o chutou.

— Então é isso que você quer — disse Richard e prendeu o menino na parede.

Lucas cuspiu no rosto do pai.

— Eu não fiz nada! — mas tinha feito. Sarah contou. As moedas estavam no esgoto. Ele as largou, uma por uma, num bueiro da rua.

A Dra. Snow escreveu um novo diagnóstico no diagrama: 313.81 — Distúrbio de Rebeldia Oposicional. Ela mudou sua receita de Ritalin para Mellaril. "Vai passar", disse ela. Ela já viu muitos casos como esse antes. Ele era um bom menino. A Dra. Snow olhou suas anotações. Eles não precisavam se preocupar.

Mas eles se preocupavam. Quando Marianne desligou a televisão durante os desenhos animados da manhã de sábado, Lucas pegou um copo de refrigerante de uma mesa próxima e o atirou na cabeça dela. O copo quicou em uma estante antes de se estilhaçar aos pés de Marianne, o refrigerante chiando no chão como se fosse ácido. Marianne passou os 45 minutos seguintes no carro, do lado de fora, ligando e desligando a ignição, ligando e desligando.

Ela gostava de se sentar no carro. Marianne às vezes se sentava ali na entrada, sem ir a parte alguma, durante horas. Gostava do silêncio, do modo como se sentia lacrada dentro de alguma coisa, a sucção do ar quando as portas se fechavam. Antes de se casar, ela viajara de carro pelo país e passara as noites enroscada em um saco de dormir no banco traseiro. Tinha mentido a seus pais, dizendo que estava viajando com amigos. Ela não se sentiu em perigo.

Uma noite, ela foi apanhada por uma tempestade de areia. Amarilhos saltavam da escuridão e passavam pairando por seus faróis enquanto o vento ameaçava empurrar o carro para fora da estrada. Ela estacionou atrás de um posto de gasolina deserto em um cruzamento e caiu no sono, a areia batendo nos vidros como granizo. Acordou para o silêncio no meio de uma reserva indí-

Verdadeiros animais

gena navajo e atravessou o Glen Canyon ao nascer do sol. Agora, questionava sua fé em frágeis portas fechadas, em estrelas se transformando em manhã.

Todo dia parecia ser outra provação. Chegando do trabalho, Marianne ouviu um arrastar de pés e encontrou Sarah agachada no espaço debaixo da varanda, coberta por teias de aranha e folhas secas. Lucas a havia trancado ali como castigo por ela ter falado das moedas. Marianne levantou o trinco.

Sarah escapou e limpou o rosto com a manga da blusa. Ela sorriu.

– Ele vai se dar mal?

Em algum momento do ano anterior, Marianne tinha perdido a capacidade de se comunicar com o filho. Ela vasculhou caixas de roupas de bebê no sótão – trajezinhos de marinheiro e botinhas –, fuçava a roupa suja dele, bisbilhotava os fiapos de tecido dos bolsos, olhava as blusas e cuecas; analisou seu boletim escolar, a escova de dentes, a bicicleta, os restos do café da manhã e as edições de *Ranger Rick*. Ela se sentia culpada por querer estar em outro lugar, por não querer ser a mãe dele.

Marianne preferia pensar em como poderia ser pior. Mentalmente, fazia listas enquanto massageava seus clientes. Lucas não incendiava nada, não fugia de casa, não batia nas pessoas com tijolos ou bastões, não estrangulava nem estuprava pessoas, nem torturava animais. Era só um pouco maluco.

"Mas que palavra", pensou ela. Marianne já havia cruzado com ela muitas vezes – essa palavra e outras. Insano. Anomalia. Psicopata. Agora, elas caíam de sua boca por acidente, como sapos. Ela sentia as palavras escorregando para fora e caindo no chão. Marianne precisaria de um minuto ou dois para se recuperar de dizê-las. Enquanto isso, seu cliente na mesa de massagem estaria rolando, pronto para o outro lado. Marianne engolia a sensação pantanosa em sua garganta e enchia as palmas das mãos de óleo.

★

Numa noite, quando era adolescente, Richard viu um cachorro na estrada e o atropelou de propósito. Era um sheepdog, branco e peludo, com uma mancha cinza sobre o olho esquerdo. Depois, ele parou o carro para olhar. O cachorro cheirava a sofá velho. Tinha uma coleira de couro gasta no pescoço, com uma etiqueta nova. Richard tocou a pelagem do animal morto e pensou no pai. Tinham brigado antes de ele sair de casa. De certa forma, Richard sabia que foi isso que o fez matar o cão. Ele parou no acostamento à luz azulada e fraca da manhã e se lembrou dos olhos do animal refletindo os faróis; o poço de raiva fluindo em seu peito, descendo por seus braços, passando por suas mãos até o volante e, como a pancada, o baque surdo e o carro atropelando o cão tinham elevado seu espírito e feito tudo aquilo passar.

Agora, Richard se perguntava se era isso que acontecia com Lucas. Se ele fazia essas coisas para encontrar alívio. Richard nunca encontrou nenhum e seu pai nunca encontrou nenhum e o pai de seu pai nunca encontrou alívio nenhum; disso ele sabia. Antes de morrer no asilo, o pai de Richard tinha falado do próprio pai. Vovô espancava a família regularmente e passava toda a noite no celeiro, comendo palha e gritando. Eles encontraram o corpo pendurado nos caibros do telhado depois de um inverno rigoroso, o rosto do velho roxo, com pedaços de alfafa grudados nos lábios. Era alguma coisa no sangue da família. Mas Richard tinha encontrado maneiras de lidar com isso. Ele se segurou num emprego e teve filhos. Quando a mulher colocou Lucas em seus braços pela primeira vez, Richard chorou. Ele queria muito aquele menino.

Todo ano a família mandava uma foto das crianças para o feriado de Natal. Marianne tinha um monte de fotos em sua arca – Lucas quando bebê em um minitrenó, depois com um chapéu de Papai Noel, abraçando a irmã, apoiado em uma pilha de neve falsa e sorrindo. No estúdio, o fotógrafo colocou Sarah perto de

Verdadeiros animais

uma árvore de Natal de plástico e deu a ela um presente embrulhado em papel dourado e prateado. Ela o sacudiu e Marianne viu seu rosto se abater quando percebeu que estava vazia. Lucas foi colocado atrás dela, com uma das mãos no ombro de Sarah. Os suéteres combinando que Marianne tinha tricotado não tinham um bom caimento. As mangas do de Sarah terminavam um pouco abaixo dos cotovelos e os flocos de neve se espalhavam pelo peito de Lucas como se alguém os estivesse atirado ali ao acaso.

Eram crianças bonitas. As duas tinham a pele e o cabelo escuro de Marianne e os olhos azuis-claros de Richard. Contra a lareira falsa, Lucas parecia mais alto e Marianne quase podia imaginá-lo adolescente, posando para o livro do ano do ensino médio, uma leve acne no queixo e um olhar distante. Sarah torcia o nariz como se estivesse prestes a espirrar. Ela ainda tem as bochechas rechonchudas de um bebê.

Marianne sentiu Richard pegar sua mão. Ela pressionou a palma na dele e apertou. Lucas se inclinava para a lareira e ela viu que ele estava cochichando no ouvido de Sarah.

– Me deixa em paz – reclamou a menina.

– Agora, olhem para a câmera – o fotógrafo se meteu às presas debaixo da cortina preta.

– Pára com isso – disse Sarah. – Mãe, ele está me beliscando.

– Apenas olhe para a câmera – instruiu Marianne. – Estamos quase acabando.

– Mas isso dói!

– Sorria – implorou Marianne. Ela podia sentir Richard apertando mais sua mão.

O queixo de Sarah formou uma covinha como se ela estivesse a ponto de chorar e, de repente, Lucas derrubou o presente das mãos dela e enfiou os dentes no braço de Sarah, abrindo um buraco no suéter da irmã quando ela tentou se afastar. A caixa dourada e prateada foi quebrada, a árvore de Natal derrubada e os enfeites partidos antes que os pais conseguissem separá-los.

Ainda assim, Richard insistiu em tirar a foto.
– Já pagamos por ela – disse ele. – Vamos tirar uma foto juntos, todos nós – ele ficou de pé entre as crianças, os braços prendendo dolorosamente cada um deles a seu lado. – É melhor vocês sorrirem.
O fotógrafo rapidamente rearrumou as luzes. Ele mal podia esperar para se livrar daquela família. Marianne ficou de pé no canto, coberta parcialmente pela escuridão. Parou por um momento antes de dar um passo para a frente e se juntar aos outros.
No caminho para casa, Lucas chutou Sarah no banco de trás, esticou-se no vinil e cravou os calcanhares na cintura dela. Richard mantinha uma das mãos no volante e a outra atrás de si, tentando pegar as pernas do filho às cegas para acabar com a briga.
– Eu queria que você morresse! – gritou Lucas.
Sarah colocou as mãos nas orelhas e se enroscou no canto.
Marianne olhava diretamente para a frente, sem dizer nada. Isso ia passar logo, disse a si mesma. Cada um iria para o seu respectivo quarto e depois ficariam quietos. Eles só tinham de chegar em casa. Ela imaginou Sarah e Lucas contando histórias um ao outro como costumavam contar, fazendo reuniões secretas embaixo da mesa da cozinha, cortando dragões e pterodáctilos de cartolina.
Marianne ouviu um clique no banco traseiro e sentiu uma lufada de ar. Sarah tinha aberto a porta do carro. Ela balançava em direção à rua, o asfalto corria por baixo de seus pés em um borrão. O cinto de segurança estava aberto e uma das pernas de Sarah pendia para fora, pronta para pular.
– O que você está fazendo? – gritou Marianne. – Encosta! Encosta! – Richard oscilou na pista e, assim que pararam, Sarah estava fora do carro, correndo pela rua, e Marianne atrás dela, os braços estendidos, tentando apanhar a filha antes que ela fosse longe demais.

★

Verdadeiros animais

312.30 – Distúrbio de Controle de Impulso. A Dra. Snow marcou o diagrama e passou Lucas para Seroquel. "Isso deve acalmar as coisas um pouco", disse ela. "Procurem maneiras de ajudarem um ao outro."
Richard e Marianne acharam isso difícil porque, na verdade, eles se culpavam. Marianne achava que Richard perturbava ainda mais Lucas ao enfrentá-lo e Richard achava que ela agravava o estado do filho porque cedia. Todas as noites, depois que as crianças iam para a cama, eles discutiam, ambos sentindo que tinham se iludido de alguma maneira.
Cada um deles ocupava uma beirada do colchão, sem se tocar, os lençóis puxados de um lado para outro. De manhã, Marianne esmagava os comprimidos de Lucas no suco de laranja e Richard lia o jornal, tentando ignorar a gritaria no jardim.
– Qualquer dia desses vou matar essa gata.

Alguma coisa cheirava mal no corredor. Marianne se lembrava do verão, quando um esquilo tinha se arrastado para o corredor pelas escadas e morrido. Todos prenderam a respiração ao descer a escada, até que ele apodreceu. Às vezes, ela ainda prendia a respiração quando passava pelo lugar. Outras, ela pensava no esqueleto, congelado na parede.
Marianne começou a limpar. Trouxe Pinho-Sol e Bom Ar extras e se atirou ao trabalho, esfregando o papel de parede, tirando o pó dos livros. O cheiro, já indistinto, continua a pairar perto do quarto de Lucas. Marianne hesita diante da porta. Ela não quer entrar. Em vez disso, desinfeta o batente, a maçaneta, o friso no canto. Estava espalhando limpador de tapetes no carpete quando Lucas apareceu. O dia já estava na metade e ele ainda vestia o pijama. Foguetinhos e naves espaciais minúsculas explodiam na flanela. A parte de cima estava pequena demais para ele, a de baixo terminava bem acima dos tornozelos.
– O que está fazendo?
– Estou tentando me livrar do cheiro.

— Não estou sentindo cheiro nenhum.
Com a porta semicerrada, o cheiro ficava forte. O fedor estava atrás de Lucas, vindo do quarto.
— Tem algum prato sujo lá?
Lucas ficou parado na soleira da porta, abrindo e fechando os punhos.
— Não me importa o que é — disse Marianne. — Só dê um jeito de se livrar desse negócio — ela agora estava implorando.
Lucas mergulhou o dedo no limpador de tapete, movendo a tira de espuma branca de um lado para outro do carpete.
— Tá legal.
Marianne sentiu um jato de alívio. Era como se ele a tivesse perdoado por alguma coisa. Ela tocou a nuca de Lucas e ele ficou parado por um segundo, permitindo seu toque. Os cabelos estavam grossos e um tanto sujos, então, depois disso, quando ele fechou a porta e ela ficou sozinha, Marianne pôde sentir uma fina camada de gordura na ponta dos dedos. Ergueu-os até o nariz e eles cheiravam a lençóis que ficaram na cama por tempo demais.

Richard estava lendo na cozinha quando ouviu um baque. Era o som pesado de um corpo batendo num objeto e isso o fez largar o jornal e correr escada acima. A esposa abandonou suas panelas e frigideiras e foi atrás dele aos tropeços. Eles viraram para o corredor e viram Lucas parado atrás de Sarah, tentando espiar alguma coisa entre os dedos dela. Quando o menino viu Richard, voou rumo ao seu quarto e bateu a porta.
Havia um talho na testa de Sarah. Uma rachadura escura de pele que pareceu pulsar por um momento antes de soltar uma golfada de sangue pelo rosto da menina. Nas mãos dela, estava um saco plástico claro. Quando viu os pais, ela ergueu o saco no alto, como um prêmio. Dentro, estava o corpo de um gatinho, emaciado e inchado, o pêlo era laranja e branco. Um líquido amarronzado brotava de um dos cantos.

Verdadeiros animais

— Achei isso no armário — disse Sarah. — Tá fedendo — ela largou o gatinho e começou a vomitar no carpete.
— Pegue umas toalhas! — gritou Richard. O corte parecia mais fundo do que ele pensava. Ele apertou o talho com a mão enquanto Sarah tossia no chão. Quando ela começou a chorar, ele a ergueu em seus braços.
Marianne estendeu uma toalha de rosto e um cobertor no chão. Eles precisavam ir ao hospital e Sarah ficava virando a cabeça para olhar para o gatinho. Richard empurrou o saco plástico para o lado com o pé. Disse a Marianne para pegar as chaves. Ele levou Sarah para o carro. Depois, voltou para pegar Lucas.
Richard bateu na porta com o punho. Empurrou uma, duas, três vezes, jogando seu peso. Podia sentir o filho empurrando do outro lado.
— Então é assim que você quer — disse Richard. E chutou a porta, abrindo-a.

Antes de dar os pontos, o médico cobriu o rosto de Sarah com um lençol. O corpo dela parecia pálido no leito do hospital, o pano branco deixava expostos apenas pequenos detalhes do nariz e do queixo da menina. Lembrou a Marianne fotos de cena de crimes, onde alguma coisa é atirada na cabeça da vítima.
O médico cantarolava enquanto costurava a pele de Sarah. Marianne tinha certeza de que ele a considerava uma mãe horrível. Ela arrastou uma cadeira dobrável de metal para a maca e pegou a mão da filha em silêncio. Ela não conseguia se lembrar da última vez em que a segurou. Sarah tinha seis, sete anos? Elas estavam atravessando a rua? Marianne percebeu que as unhas da filha pareciam roídas.
— Quase pronto — disse o médico. Uma televisão no canto exibia uma imagem de um *game show*. Alguém estava vencendo, mas não havia som nenhum.

No corredor, Richard preenchia os formulários médicos junto com uma enfermeira. Ele parou no bebedouro no caminho de volta para a sala de espera. O jato era fraco, mas foi bom molhar os lábios. Ele ligou para a Dra. Snow do telefone público, de olho em Lucas, sentado num canto com o rosto afundado numa revista.

– Os remédios não estão funcionando.
– Às vezes isso acontece.
– Ele está ficando pior.
A Dra. Snow suspirou.
– Ataque a irmãos é bastante comum – ela sugeriu terapia familiar. Marcou uma sessão para o dia seguinte. Eles deviam ir para casa e descansar. – Peça comida chinesa – aconselhou ela. – Alguma coisa leve.

Quando o carro estacionou na entrada de carros, Richard viu a vizinha. Ele entendeu que alguma coisa estava errada pelo modo como a blusa dela estava torcida.

– Não sei o que fazer – disse ela enquanto Richard baixava a janela. – Minha gata não quer sair do seu quintal.

– Só um minutinho – pediu Richard. Ele saiu do carro e abriu a porta traseira. Lucas disparou pelas escadas da varanda, empurrando Marianne para que ela saísse do caminho enquanto passava pela porta. Richard se virou para a vizinha.

– Essa não é uma hora muito boa.

– Está tudo bem – disse Marianne. – Eu a levo – ela pôs as chaves da casa no bolso e tirou Sarah do carro. Era difícil para Richard olhar. Um grande curativo branco estava colado na testa de Sarah e ele podia ver uma seção de careca onde o médico tinha raspado o cabelo da menina.

– O que aconteceu? – perguntou a vizinha.

– Nada. – Richard se obrigou a sorrir. – Foi apenas um acidente.

– Ela parece machucada!

Verdadeiros animais

— Ela está bem — Marianne ergueu Sarah em seu ombro.
— Eu *não* estou bem — disse Sarah.
— Você só precisa descansar um pouco.
— Quero a tevê no meu quarto.
— Vai ter a tevê — Marianne levou a filha para o segundo andar.
— Feliz agora? — Sarah escondeu o rosto.
— E então? — perguntou Richard. — Qual é o problema?
A gata estava no quintal, parada em um dos cantos do jardim.
— Lamento muito por isso — disse a vizinha. — Normalmente eu consigo convencê-la a ir para casa — o rosto tremeu um pouco quando ela se aproximou da gata laranja. — Vem agora, querida — a gata sibilou e bateu na mão da mulher, depois correu de volta para o canto.
— Ela deve estar com raiva.
— Não! — gritou a vizinha. — Ela só está contrariada! Dá para ver como está contrariada?
Richard não tinha tempo para isso. Esfregou a nuca. Tentou pensar numa maneira de se livrar das duas. A vizinha pegou uma cadeira no chão e começou a tamborilar os dedos suavemente. A gata a ignorou, gemeu e usou as garras para se prender a terra.
A barriga vazia da gata balançava, os mamilos se arrastavam no chão. Quando chegou mais perto, Richard viu que seus bigodes tinham sido cortados. Ele sabia que cortar os bigodes era o mesmo que cegar; os animais os usavam para sentir aquilo que seus olhos não podiam ver. Richard deu uma olhada na casa. As cortinas estavam fechadas.
Foi até onde a gata estava sentada e futucou o chão com o pé. O sapato de Richard afundou em terra macia e, quando ele tocou o que tinha sido enterrado ali, sentiu seu ânimo desabando junto com a ponta de seu sapato, um mergulho na tristeza. Ele pensou no que estava surgindo. Havia vermes, ele podia senti-los, e grãos minúsculos abriam caminho, entrando em suas meias.

O colobus vermelho da Srta. Waldron

A Srta. Waldron era americana. Quando completou doze anos, foi levada para um internato de New Hampshire para ser criada por freiras. Ela olhou pela janela do quarto enquanto o pai se afastava no MG verde-mata, as rodas deixando um rastro de poeira na estrada de cascalho. Depois, a Srta. Waldron se virou para a freira que desfazia alegremente sua mala e lhe deu uma bofetada.

Esse foi o primeiro retrato tirado pelos detetives particulares: a Srta. Waldron com a mão estendida, um borrão de cabelos e dentes. O sol brilhava através da treliça atrás dela, criando uma sombra de barras nas cortinas. Os detetives eram três homens educados de Minnesota. Tinham visto tornados e homens mortos com forcados, mas nunca viram uma garota bater numa freira.

O pai da Srta. Waldron tinha contratado os detetives particulares para ficarem de olho na filha. Toda semana eles mandavam um telegrama detalhando a vida da menina – que roupas estava vestindo, que tipo de cereais comia, a que horas pegou carona até o bar mais próximo. Às vezes, eles mandavam fotos. Aquelas mensagens eram respondidas com silêncio. Os homens às vezes se perguntavam se o pai lia todos os telegramas que enviavam.

A Srta. Waldron passou os anos seguintes fugindo. Algumas tentativas foram mais bem-sucedidas que outras. Aos catorze anos, ela desapareceu no zoológico, esgueirando-se para uma folhagem na jaula dos primatas. Os detetives a encontraram dois dias depois, morando com uma família de lêmures, seu uniforme trocado por bananas.

    Aos quinze, ela contratou um pulverizador de lavouras com o dinheiro que ganhou no aniversário. O avião desceu em um campo atrás da escola durante uma aula de ginástica. As meninas terminavam a série de saltos e a Srta. Waldron afastou-se da fila, com suas pernas brancas riscando a relva. O piloto a deixou perto da estação ferroviária, onde ela se juntou a um circo que passava por ali. Depois de relatar isso, os detetives receberam o primeiro telegrama — PEGUEM-NA NO CIRCO E DEVOLVAM-NA PARA FREIRAS — e por fim encontraram a Srta. Waldron algumas semanas depois na Louisiana, onde ela estava se apresentando como trapezista mascarada.

    As freiras deram uma lição nela. Essa lição envolvia esfregar as privadas, a repetição do rosário e a culpa silenciosa e cuidadosamente orientada. Isso não impedia que a Srta. Waldron fugisse, mas elas perceberam que, assim, conseguiam manter as outras meninas longe dela. Depois, veio a italiana.

    Maria chegou ao convento com uma juba enorme de cabelos escuros caindo pela cintura e uma empregada particular cuja tarefa era cuidar dela. Era filha ilegítima de uma condessa e seu jardineiro, bebia barris de licor de amaretto e usava vestidos de gola alta que foram especialmente feitos para esconder uma assombrosa marca vermelha de nascença no formato de um pênis.

    Em uma viagem da turma a Silver Lake, as meninas foram separadas em duplas para uma corrida de canoa. Enquanto elas se distribuíam pela água, a Srta. Waldron perguntou à italiana o que ela fazia para se divertir. Maria rodopiou, quase virando o barco, e disse: "Eu nunca serei feliz longe de Fredo."

    Fredo, como a Srta. Waldron logo soube, era o meio-irmão de Maria, de um curto terceiro casamento da condessa. Tinha sobrancelhas grossas e costeletas que desciam até o queixo. Nas três semanas em que os novos irmãos passaram juntos, conseguiram cometer seis pecados capitais e 47 veniais. Maria explicou seus planos de se casar e, enquanto o remo fazia espirais suaves

Verdadeiros animais

na água, disse: "Você deve nos visitar", num tom de voz baixo e conspiratório que lembrava a Srta. Waldron personagens de um romance convidando-se para suas propriedades rurais.

Maria ficou no internato por dois meses e, durante esse tempo, a Srta. Waldron não fugiu. Ela gostava de ouvir sobre os países que Maria havia visitado e o que Fredo tinha feito debaixo da mesa de jantar. Maria estava programada para ser transferida para um internato perto de seu meio-irmão em Londres. "Chega da Nova Inglaterra", disse ela com aversão e fez exatamente o que prometera. Logo em seguida, ela estava de pé no hall da frente com a empregada, a bagagem e os cabelos elegantemente trançados, esperando pelo motorista.

Uma semana depois, a Srta. Waldron convenceu uma equipe de cadetes da Marinha a se infiltrar no internato e a contrabandear para fora dali. Ela voltou um mês depois (escoltada pelos detetives particulares) e trouxe histórias de submarinos e bares clandestinos, recifes de corais e cocos, um disco de Bessie Smith, uma longa piteira preta, um par de saltos altos e uma doença venérea.

A Srta. Waldron tinha visto o pai somente três vezes desde que ele a largou no internato em seu carro esporte – duas no Natal e uma no piquenique do Memorial Day. Quando ele soube da doença da filha, chegou ao hospital como um furacão – o sobretudo esvoaçava, os óculos de aviador estavam presos no alto da cabeça, usava luvas de couro.

Ela pôde ouvi-lo descendo o corredor em direção ao quarto. Esta era uma coisa que os detetives particulares não fotografaram – a garota agachada no canto com o avental de hospital, as pernas nuas, as mãos na nuca, os olhos dardejando da janela à porta que se abria com uma pancada.

Ele a chamou de animal imundo. Depois atravessou o quarto. Depois a chutou. E depois saiu.

A Srta. Waldron se enroscou, abraçando a dor em sua barriga, e ouviu os passos do pai. Teve febre por semanas. O suor cobria seu corpo como uma pasta espessa. Doía tanto ir ao banheiro que ela teve de parar de comer e beber. Sua constituição roliça se desgastara tanto que dava para ver os ossos dos dedos, sentir como a pele se apertava em volta da cintura, perceber a palidez dos pés. A pele ardia e, em alguns pontos, seu estado era tal que parecia que grandes agulhas afiadas como navalhas atravessavam lentamente sua carne. Ela queria morrer. Em vez disso, foi enviada à Inglaterra.

Na escola de aperfeiçoamento para moças, ela foi colocada sob a supervisão direta de uma mulher velha, mas piedosa, chamada Madame Yuplait. Madame Yuplait tinha sido uma cortesã. Era habilidosa com um chicote e por um tempo ficou bastante famosa por arrancar às chicotadas os botões dos coletes dos homens nas festas. Quando perdeu a beleza, mudou de nome, transferiu-se para Londres, abriu a Escola Preparatória para Moças de Madame Yuplait e rapidamente criou a fama de transformar garotas problemáticas em debutantes.

A Srta. Waldron não bateu na empregada quando chegou com seu baú de viagem, mas recusou-se a dar gorjeta ao motorista. O homem fez tal cena que Madame Yuplait teve de pagá-lo ela mesma. Por esse constrangimento, a Srta. Waldron foi mandada para o sótão.

Os quartos do sótão só podiam ser trancados por fora. Eram os quartos mais quentes no verão e os mais frios no inverno. As paredes eram laranja e o teto, vermelho. As meninas eram mandadas para lá para ser subjugadas.

Na Escola Preparatória para Moças de Madame Yuplait, a Srta. Waldron familiarizou-se com que garfo usar, os mistérios do espartilho e a forma adequada de entrar em uma sala. Ela aprendeu a fazer arranjos florais, tocar harpa, evitar que a barri-

Verdadeiros animais

ga fizesse ruídos desagradáveis em público. Ensinaram-lhe a sorrir na dor, a virar a cabeça para a luz, como pousar a mão na mesa. Ela praticava a entonação de certas palavras e expressões em francês, alemão, espanhol, árabe, sueco e italiano, bem como o inglês adequado, porque Madame disse que seu sotaque era abominável.

A Srta. Waldron quase pediu ajuda ao pai. Escreveu-lhe uma carta queixosa, cheia de promessas e arrependimentos, mas nunca a colocou no correio.

Ela tentou pensar em outras pessoas que podiam socorrê-la. As outras alunas respeitavam a rebeldia e gostavam de fofocar sobre as aventuras da Srta. Waldron, mas poucas passariam dos limites e a chamariam de amiga. A Srta. Waldron pensou na instrutora de voz, na instrutora de maquiagem, na instrutora de postura. Depois, se lembrou da italiana.

Descobriu que Maria e Fredo se mudaram para um pequeno apartamento no Soho depois de terem renunciado às heranças. Maria agora cuidava sozinha de seus cabelos. Ele estava cheio de pontas. Ela guardava uma tesoura em uma faixa em volta do pescoço e sempre que havia uma calmaria na conversa começava a cortar os fios desiguais um a um. Fredo pintava retratos de turistas na rua. À noite, eles faziam amor tão ruidosamente que os vizinhos chamavam a polícia.

A Srta. Waldron começou a visitá-los aos sábados depois da confissão. Juntos, eles iam aos bares locais e bebiam até o início da noite. No começo, ninguém da escola para moças questionou essas longas ausências. Mas o pai da Srta. Waldron tinha seus detetives particulares e Madame tinha sua intuição, então, não levou muito tempo para que o grupo fosse descoberto e se dispersasse.

Dez chicotadas foram dadas no traseiro branco e macio da Srta. Waldron, bem como duas semanas sem nenhuma refeição exceto mingau de aveia. Mas era tarde demais. O dano já havia sido feito porque, em uma tarde ensolarada, à pesada mesa redonda de madeira na Brightenshead Tavern, Fredo apresentou a Srta. Waldron ao grande caçador branco Sr. Willoughby Lowe. Ele não era o que ela esperava. A Srta. Waldron tinha visto filmes de caçadores – *Tarzan* e *King Kong* – e eles vestiam culotes e capacetes brancos, sempre estavam barbeados e tinham covinhas no queixo. Willoughby Lowe tinha a cabeça quadrada, lábios pequenos e vermelhos como os de uma mulher, uma barba espessa que cobria a maior parte do rosto e apenas uma orelha. A outra fora arrancada por uma explosão quando ele estava atirando em crocodilos na América do Sul.

– Tenho sorte – disse ele. – O guia perdeu uma perna. Eu só desmaiei e aprendi a dizer "hein?" – Ele empinava a cabeça para a Srta. Waldron e a olhava com curiosidade, como se ela tivesse acabado de dizer alguma coisa importante que ele deixou escapar.

O rosto dele parecia mais velho do que o corpo. Ela percebeu linhas finas abrindo caminho para as bochechas, atravessando a testa e estampando anéis em volta dos olhos. Ela podia ver onde a pele enrugava se ele escolhesse sorrir.

Quanto mais a Srta. Waldron olhava para Willoughby Lowe, mais começava a pensar em carne – medalhões, picanhas, filémignon – carne vermelha, fria, espessa e marmorizada. Os ombros dele eram volumosos e as costas, curvas graças aos músculos – placas grossas nos dois lados da coluna como a lateral de um bife de bom tamanho.

Ele arregaçou a manga para mostrar uma tatuagem em forma de espiral que recebera como ritual de iniciação de uma tribo da Papua Nova Guiné. Ela podia ver as veias em seu braço saltadas e rebentando como rios de azul, correndo e conectando-se um pouco abaixo da pele. Ela fechou os olhos por um momento e pensou em passar os dedos naquelas veias, lendo-as como se fossem uma mensagem em braile, e imaginou que a experiência seria como cantar.

Mais tarde, ela descobriu que por baixo das roupas ele era coberto de pêlos. Corriam pelo pescoço, pelo peito e nos ombros, abriam-se em leque nas costas, espiralavam pelas pernas e

Verdadeiros animais

se concentravam em uma floresta espessa e preta entre as coxas. O único lugar que não tinha pêlos era o traseiro.

— Como um babuíno — disse Willoughby.

Os pêlos a assustaram no começo. Ela não sabia onde colocar as mãos. Eram ásperos e crespos e cheiravam ligeiramente a terra, como uma pilha de folhas caídas. Eriçavam-se quando ele apertava o corpo contra o dela e a diferença entre os dois corpos tornava a Srta. Waldron subitamente minúscula e fraca, como um recém-nascido careca. Ela penetrava os dedos naquela pelagem e se agarrava a ele.

Tudo mudava quando ele começava a suar. Um brilho cintilante surgia em seu corpo e ele começava a resplandecer. Ele enterrava a cara no pescoço dela e os pêlos ficavam macios, se achatando até parecerem penas, como se ela estivesse sendo afagada com escovinhas de seda. A Srta. Waldron ficava coberta de uma umidade oleosa. As mãos escorregavam do pescoço dele, dos ombros, das costas, de tudo o que ela tentava pegar.

Depois, quando estava de pé diante da pia no canto do quarto, ela viu que estava coberta dos pêlos dele. Fios minúsculos, pretos e crespos presos à fina camada de suor que ainda pairava por seus seios e sua barriga. Ela arrastou um dedo de um mamilo a outro e deixou uma trilha clara, como se tivesse se depilado.

— Olha! — disse ela, girando o corpo, mas Willoughby Lowe já roncava.

Madame Yuplait sabia o que tinha acontecido. A Srta. Waldron estava brilhando feito fogos de artifício e havia um arco em suas costas que não estava ali antes. Madame a espancou com ferocidade. A Srta. Waldron agarrou as laterais da cama, mordeu os lábios e tentou manter-se quieta.

Os detetives particulares também sabiam. Tinham seguido a Srta. Waldron ao hotel de Willoughby Lowe, viram-na fazer amor quando olharam pelo buraco da fechadura, perderam o fôlego quando ela passou os dedos nos seios e a olharam fixamente por cima do jornal enquanto ela atravessava o lobby, apressada.

Eles tinham se apaixonado pela Srta. Waldron com o passar dos anos. Viram-na se desenvolver de uma criança magricela para uma mulher com um caráter autêntico. Havia ocasiões em que eles pensavam nela como sua própria filha, roendo as unhas enquanto ela escalava janelas, pegava carona nas vias expressas e aprendia a beber uísque. Mas eles eram pais silenciosos, como fantasmas, nada mais que testemunhas. Nunca foram capazes de falar com ela, dizer-lhe para parar, dar-lhe conselhos ou afagar sua cabeça quando ela estivesse dormindo. Eles encostavam a ponta dos dedos no cotovelo ossudo da Srta. Waldron quando a devolviam a seus guardiões e tentavam arduamente encontrar maneiras de cuidar bem dela.

Às vezes, os detetives particulares se perguntavam se a Srta. Waldron sabia que eles estavam ali, registrando cada minuto de seu mundo exterior. Havia momentos – um sorriso hesitante, um olhar para a escuridão antes de deslizar por uma porta – que diziam que ela sabia. Pelo menos isso era o que eles esperavam secretamente – que de vez em quando ela estivesse fazendo o que fazia simplesmente para dar a eles alguma coisa excitante para observar.

Então, quando viram a Srta. Waldron no telhado da escola para moças com uma chapeleira na mão, os detetives particulares trocaram sinais previamente combinados. Logo em seguida, uma escada escorregou de um dos prédios vizinhos e, depois de se estabilizar, a Srta. Waldron rastejou pelo espaço aberto – da altura de seis andares – com a alça da chapeleira entre os dentes, o vestido puxado na cintura e a calcinha de seda brilhando para que o mundo todo a visse.

Os detetives despacharam um telegrama para o pai da Srta. Waldron: *FILHA FUGIU DE MADAME YUPLAIT PONTO INDO PARA GANA PONTO PARECE APAIXONADA PONTO INSTRUÇÕES?*

Eles não receberam resposta.

★

Verdadeiros animais

No navio a vapor para a África, a Srta. Waldron passou por secretária particular de Willoughby Lowe. Isso não enganava ninguém. À noite, seus gemidos e imprecações de amor podiam ser ouvidos em todo o barco, vibrando pelas bordas do casco de aço, ecoando de um lado para outro na fornalha da caldeira, bradando pelas ondas como canções de baleias a partir da hélice. Os cientistas da expedição inquietavam-se e se reviravam em suas cabines e a tripulação padecia nos beliches.

Quando chegaram, a Srta. Waldron percebeu que tudo na África era coberto de poeira. As estradas, os animais, até as pessoas. Willoughby lhe disse que eles a usavam para evitar as moscas. A Srta. Waldron entendeu o motivo e rapidamente trocou seus vestidos por roupas nativas – camadas macias de algodão leve. Seus sapatos de salto alto foram usados em barganhas com os carregadores e ela se enfiou em um par das botas de Willoughby.

Os cientistas tinham providenciado tudo com antecedência. Enquanto dividiam as caixas de tubos de ensaio e livros sobre identificação de espécies entre os carregadores, um guia apareceu. Willoughby parecia conhecê-lo e, depois de uma troca amistosa de cumprimentos, ele sussurrou à Srta. Waldron que o homem era um escravo. Depois que estavam na selva, o escravo coordenou tudo – onde as barracas deveriam ficar, como a comida deveria ser armazenada e quando começar a atirar. Enquanto a escuridão se aproximava e eles se sentavam em volta das fogueiras, a Srta. Waldron escutou os sons da floresta e os analisou.

Parecia que a pele dele tinha sido descascada em tiras. Ela achou difícil distinguir suas narinas entre as linhas de rosa, marrom e preto – seções borbulhantes de músculo destruído e tecido cicatrizado entrecruzavam o corpo dele como vermes. Apesar disso, ela podia ver que, por baixo, ele era forte, cerca de trinta anos de idade. Os olhos eram grandes e brilhantes e ela percebeu que, quando ele os fechava, as pálpebras desapareciam no emaranhado do rosto.

Ele não dormia com os demais. Depois que a equipe se retirava, o escravo subia numa árvore e amarrava uma rede nos galhos. Dali, ele ficava observando o fogo. Mantinha um facão a seu lado para matar as cobras e uma arma de fogo para assustar larápios.

De manhã, a Srta. Waldron observou Willoughby Lowe desembrulhar as armas. Ela perguntou sobre o rosto do escravo e soube que ele tinha sido trancado num forno. Seu senhor o apanhara tentando fugir e, quando ele foi arrastado das cinzas, a maior parte da pele tinha desaparecido. O escravo foi ressuscitado por um curandeiro e mais tarde vendido a um dos diretores do Museu de História Natural, que o usou como batedor em expedições africanas.

— Por que você não o liberta? — perguntou a Srta. Waldron.

— Ele tem uma vida muito melhor do que a nossa — respondeu Willoughby.

Depois de um café da manhã que consistia de fatias de bacon, o grupo seguiu na floresta com um jarro de água e um engradado de armas carregadas. O escravo ia na frente. A Srta. Waldron carregava uma pistola leve no bolso traseiro e mantinha os olhos no alto. Estavam procurando por macacos.

Willoughby atirou num chimpanzé e em três babuínos, depois anunciou que estava na hora do chá — biscoitos tirados de uma lata e café inglês ralo. A Srta. Waldron vagou pelas carcaças dos animais com a xícara e o pires. Tinha-os visto cair das árvores. As armas explodiram e os macacos despencaram como frutas, arrancando folhas, quebrando galhos, rolando para baixo até um baque surdo na terra. Os guinchos e o farfalhar que se seguiram enquanto os outros animais fugiam da área foram enervantes. Ela não tinha percebido o quanto estava perto.

A Srta. Waldron estendeu um dedo e tocou o focinho enrugado de um babuíno morto. Sua boca estava aberta, a língua sangrava através dos incisivos agudos, mas os olhos estavam fechados de uma forma doce, como se estivesse dormindo. Ela olhou em volta, depois se inclinou e o beijou.

Verdadeiros animais

Os detetives particulares tiraram a foto e a mandaram por via aérea ao pai da Srta. Waldron. Tinham passado o dia suando, retalhando a selva com facões, borrifando-se com repelente de insetos e se desviando dos javalis selvagens. Seus cigarros estavam úmidos. Eles viam a Srta. Waldron através dos binóculos e tentavam ser discretos. Começaram a se perguntar se não haveria um trabalho mais fácil.

Enquanto isso, a Srta. Waldron aprendia a trepar em árvores. Passou dias observando o escravo envolver a casca com os pés nus e tomar impulso para o alto. Isso fazia com que ela se lembrasse da temporada que passou no circo e, de manhã cedo, ela praticava, oscilando para cima do tronco. Em pouco tempo já ficava a trinta centímetros do chão, depois sessenta e, mais tarde, noventa. Ela começou a passar a sesta em uma rede pendurada não muito alto, que todo dia era erguida entre as trepadeiras à medida que sua habilidade crescia.

Ao cair a noite, Willoughby procurava por ela. A Srta. Waldron havia mudado desde que eles entraram na floresta, mas Willoughby estava acostumado a ver as pessoas tornando-se nativas. Ele próprio fez isso, uma ou duas vezes. Enquanto os carregadores preparavam as refeições, Willoughby a despertava gritando quais seriam os pratos do dia. PUDIM DE AMEIXA COM MOLHO DE RRRRUM!, ele gritava para o arbusto. CHATEAUBRIAND COZIDO EM VINHO! Cedo ou tarde, ele ouvia as folhas farfalhando, em seguida o suave impacto dos pezinhos da Srta. Waldron atingindo o chão.

A Srta. Waldron levava um rifle junto consigo. Vinha praticando com armas mais pesadas, atirando em latas de biscoito vazias e em melões. Ela andava pela floresta perto de Willoughby e, dessa vez, quando sentiu que ele vira um macaco, não tremeu com o tiro nem com o som dos outros animais fugindo. Aproximou-se quando os homens amarraram os braços e as pernas da criatura e passaram uma vara pelos membros para carregá-la.

O macaco tinha levado um tiro na barriga. O que restava de sua pelagem tremeluzia e se eriçava em uma combinação de vermelhos. Os dedos longos e finos se enroscavam apertados, segurando o nada. O rosto dele era uma máscara preta esticada. A Srta. Waldron estendeu o braço e tocou o rabo, o macaco se virou e enfiou os dentes no braço dela.

Com um único movimento, o escravo ergueu a faca e a passou pelo pescoço do animal, de forma que, quando a Srta. Waldron puxou o braço de volta, a cabeça veio com ele.

– É um colobus – disse Willoughby. – Nunca vi um como esse antes – ele empurrou o focinho com os dedos, soltou as mandíbulas e delicadamente tirou a cabeça do macaco do braço da Srta. Waldron como se estivesse retirando um bracelete.

Naquela noite, os cientistas abriram o uísque. Tinham passado o dia todo desmontando o colobus e concluíram que era uma espécie inteiramente nova. Willoughby prometeu aos cientistas que iria atirar em outros dez. Prometeu à Srta. Waldron que batizaria o macaco com o nome dela, como homenagem.

Eles se sentaram em volta do fogo e contaram histórias obscenas e, quando estavam muito bêbados, dançaram. Dançaram valsas e *two-steps*, minuetos e o Charleston, tudo ao som de flautas feitas de cabaças. Willoughby balançava o traseiro. A Srta. Waldron fez o cancã. Os homens atiraram as armas no ar e depois desmaiaram, um por um.

Os detetives particulares esperaram pacientemente ali por perto, em um bosquete de cacaueiros. Tinham recebido uma linha do pai da Srta. Waldron: DEVOLVAM GAROTA MACACO PARA ESCOLA.

Os detetives deixaram-se ficar até ouvir Willoughby Lowe roncando. A lua brilhava prateada quando eles passaram por cima dos cientistas adormecidos. Os pés da Srta. Waldron estavam pendurados para fora da barraca. Naquela luz, pareciam meio mortos, como um peixe recém-abatido. Os detetives par-

Verdadeiros animais

ticulares seguraram os tornozelos dela e silenciosamente puxaram o resto do corpo para fora.
A Srta. Waldron estava sonhando. Estava em um leito hospitalar e os lençóis cobriam suas pernas. Havia crânios de macacos prendendo seus pulsos. Ela podia ouvir os passos do pai se aproximando. Acima dela, estavam raízes emaranhadas com olhos. O escravo se inclinou para a frente e disse a ela para acordar. Quando despertou, se viu sendo carregada sobre as cabeças dos detetives para a selva. Foi como se estivesse afundando. O luar bruxuleava através das folhas como ondas. Ela podia ouvir o *shlop shlop* dos sapatos de seus raptores enquanto eles corriam pela lama. Um véu de musgo passou por seu rosto. Tinha gosto de teia de aranha. Ela sentiu um peso na barriga, onde o pai a havia chutado. A sensação era nodosa como uma pedra.

As marcas de dentes em seu braço começaram a gritar. A Srta. Waldron as ouvia e começou a lutar. Ela lutava, se debatia, socava e mordia. Era uma mulher madura agora e foi necessária toda a força dos três detetives para mantê-la presa.

Viu sombras acima da cabeça. Ela sabia que, em algum lugar nas sombras, existiam ramos onde poderia se agarrar. A Srta. Waldron se esticou, na esperança de pegar um galho. Imaginou as árvores estendendo os ramos para ela. Longos braços procurando por presas na escuridão. A ponta dos dedos dela tocaram casca, tocaram pêlos, tocaram pele. Então, ela sentiu alguma coisa pegando suas mãos e foi erguida para o alto.

A Srta. Waldron tinha desaparecido. E também o escravo. Willoughby Lowe procurou na selva, rasgando trepadeiras, atrás de cada arbusto, debaixo de cada monte de folhas. Estava inconsolável. Os cientistas se convenceram de que a mordida do macaco deixara a Srta. Waldron louca.

Por várias semanas, os detetives particulares cercaram o acampamento de Willoughby, esperando apanhá-la novamente.

Hannah Tinti

Seguiram o rastro da expedição de pesquisa e até aprenderam a subir em árvores, impulsionando-se com os ombros e subindo em trepadeiras. Polvilharam a floresta em busca de digitais. Caçaram dia e noite até que finalmente, nervosos, informaram ao pai dela da fuga. Os detetives receberam uma resposta imediata: *ACABARAM BANANAS PONTO ESTÃO DESPEDIDOS*.
Eles decidiram continuar a busca.
Os detetives particulares entraram em contato com outros detetives. Chamaram espiões, invocaram favores. Fizeram contato com infiltradores e agentes duplos, caçadores de recompensas e escoteiros, qualquer pessoa que pudesse ver alguma coisa e relatar a eles. Jogaram suas redes bem longe e esperaram.
Conseguiram uma pista. A Srta. Waldron tinha sido vista montada em um camelo, indo para o Egito. Os detetives doaram seus chapéus de feltro e saíram da selva, mas, quando chegaram ao deserto, a trilha tinha se transformado em poeira. Algumas semanas depois, a Srta. Waldron foi vista perto de um templo hindu na Caxemira. Um mês mais tarde, estava em Papua Nova Guiné. Seis meses se passaram e ela atravessava o Yukon de trenó, enrolada em peles, instigando seu grupo de cães com um sorriso e um chute ocasional da bota.
Os detetives a perderam. Continuaram perdendo-a. Anos se passaram e eles estavam se cansando de viajar sem destino. Por fim, voltaram ao Minnesota e se tornaram seguranças. Leram sobre o colobus da Srta. Waldron em livros de zoologia e artigos do *Primate Monthly*. Às vezes, tinham notícias de um velho contato – uma Srta. Waldron tinha sido ouvida, uma Srta. Waldron tinha sido cheirada, uma Srta. Waldron tinha sido avistada nas árvores. Aquelas visões tornaram-se cada vez mais esparsas e mais remotas e eles desistiram completamente.

Uma observação ao leitor
sobre "O colobus vermelho da Srta. Waldron":

Nativo de Gana e da Costa do Marfim, o colobus vermelho da Srta. Waldron (*Procolobus badius Waldroni*) foi descrito pela primeira vez pelos cientistas em 1936, com base em oito espécimes abatidos em 1933 por um homem chamado Willoughby P. Lowe, um colecionador que trabalhava para museus britânicos. Lowe batizou o macaco de "Srta. Waldron" em homenagem a uma Srta. Waldron, que foi descrita nos registros simplesmente como a "companheira de viagem" do Sr. Lowe. O macaco foi declarado extinto em 2000, mas, em 2002, a pele recém-cortada de um colobus vermelho da Srta. Waldron foi descoberta, suscitando esperanças de que o animal ainda exista.

Embora livremente baseado em um fato histórico, todos os personagens e acontecimentos deste conto são fictícios.

Agradecimentos

Muitas pessoas ajudaram a dar vida a esta coletânea. Minhas leitoras, companheiras escritoras e amigas fiéis: Helen Ellis e Ann Napolitano. Minha agente mágica: Nicole Aragi. Minha genial editora: Susan Kamil. As melhores assistentes de edição: Margo Lipschultz, Alissa Shipp e Tenette Ludlow. Meus mestres: Blanche Boyd, Barbara Jones, Paule Marshall, Dani Shapiro, A. M. Homes e E. L. Doctorow. Organizações que proporcionaram tempo e lugares para escrever: Programa de Pós-graduação em Redação Criativa da Universidade de Nova York, Hedgebrook, The Writers Room, Centro Blue Mountain e o Programa de Orientação em Redação do Instituto de Escritores do Estado de Nova York. Os editores que me deram empurrões pelo caminho: Lois Rosenthal, Will Allison, Anne Brashler, Marie Hayes, Robin Lauzon, Ronald Spatz, Nicholas Delbanco, Sydney Lea, Michael Koch, Otto Penzler e Michael Connelly. Empregadores perdoáveis que me contrataram para "empregos de verdade": A Writers House, Jennifer Lyons, Gordon Pattee, Alex Steele e Howard Stringer e as Stringetes: Virginia Garity, Barbara Benesch e Suzie Nash. Amigos que me ofereceram conselhos e estímulo: Maribeth Batcha, Ariane Fink, Kate Gray, John Hodgman, Yuka Lawrence, Karin Schulze e especialmente Alex Twersky, por seu amor e apoio. Minhas irmãs, que me fizeram rir muito mais que qualquer outra coisa: Honorah Tinti e Hester Tinti-Kane. E, por fim, meus pais: Hester e William Tinti, ouvintes pacientes de meus sonhos.